地獄の沙汰も姐次第

CROSS NOVELS

日向唯稀
NOVEL:Yuki Hyuga

石田恵美
ILLUST:Megumi Ishida

CROSS NOVELS

CONTENTS

CROSS NOVELS

CONTENTS

YUKI HYUGA

地獄の沙汰も姐次第

日向唯稀

Illust 石田惠美

CROSS NOVELS

1

年が明けて半ばも過ぎた街中へ出ると、至るところでバレンタイン商戦の広告が目に入った。時代は移りゆくも、季節ごとの光景はそう変わらないようだ。

（どうしてこんなことになる？　いったい俺が何をしたと言うんだ？）

クリスマスやお正月ほどではないにしても、明るく賑わう街を横目に、佐々木《ささき》誠実《せいじ》は力ない足取りで彷徨《さまよ》っている。

すると、闇夜を切り裂くように一際強い閃光《せんこう》が走った。

追いかけて響く雷鳴の音は不気味で、いつにない不安を掻《か》き立てられていく。

（俺が……何を？　何を！）

ポツポツと頬《ほほ》に感じた雨粒は、すぐに全身を濡《ぬ》らす季節外れの豪雨に変わった。

上質なスーツにコート、革靴を身につけていてさえも、一瞬にして身体の芯まで冷やす凍雨は、まるで打ちひしがれた心を刺すナイフのようだ。

（もう、いい……。何もかも）

誠実が理不尽な仕打ちに奥歯を噛《か》み締めたのは、数年ぶりのこと。だが、こんな投げやりな感情にまで駆られたのは、生まれて初めてかもしれない。

今まで誠実は何事に対しても真摯《しんし》に、その名のとおり誠実にと心がけて生きてきた。

また、正直者が馬鹿を見る世の中であってはならない。そんな堅い意志の下に公僕として務め、またこれからも務め続けていくものと信じて、疑いもしていなかった。

それなのに――。

（全部、どうにでもなればいい……。俺なんかどうにでも!!）

雨の中を彷徨い続けて、一時間が経っただろうか。

いつしか誠実は、車の多い大通りから逸れて、川沿いの道を歩いていた。

多少は小降りになったとはいえ、さすがに精も根も尽きて、膝が折れる。

すると、歩道に座り込む誠実の脇を後方から通り過ぎたリムジンが、急ブレーキをかけた。
二、三十メートル先で止まり、後部席の扉が開くと、中から一人の男が降りてくる。
点在する街灯だけではっきりは見えないが、長身で体格のよさそうなスーツ姿だ。

「――誠実？　お前、誠実じゃないのか？」

大声で叫ばれて、誠実は目をこらした。

声色、呼び方、口調。これらすべてがあまりに懐かしい記憶と合致する。その男はかれこれ十六年ぶりに会う幼馴染《おさなじ》み、藤極龍彦《とうごくたつひこ》だった。

地面を叩きつける雨を蹴《け》り上げ、誠実のもとまで走って来る。

少し離れて立つ街灯が、おぼろげながらもその姿を浮き彫《ぼ》りにしていく。

「やっぱり、誠実だ」

そう言って、ずぶ濡れになった誠実の姿を映す眼差《まなざ》しは、最後に会ったあの日から変わることなく澄んでいた。

磨《みが》きのかかった精悍《せいかん》な顔立ちの中に、幼い頃の面影《おもかげ》が残っている。

「……龍《たつ》くん……っ」

「どうして、こんなところに、そんな姿で……。まあ、それはあとだ。まずは車に乗れ」

しかし、我が身を顧みることなく雨の中で差し伸べられ、抱き立たせてくれた両腕は、すでに成熟した男のものだ。

背丈も、肩幅も、程よく付いた筋肉も、記憶の中の彼とはやはり違う。

それを言うなら、龍彦の記憶に残る誠実とここにいる自分も違うのだろうが――。

いずれにしても記憶との齟齬《そご》は、二人の間に長い時が流れた証《あかし》だ。

それが今の誠実には我慢できない。

「いい……。駄目。俺に構うな！　見るな！」

誠実は自分を抱き支えてくれた龍彦の腕を拒み、突き放した。

思いがけない拒絶だったのだろう。龍彦が漏《も》らした「え？」という声色からも、驚きと動揺が窺《うかが》える。

だが、だからこそ誠実は、大きくゆっくりと首を左右に振った。

「今の俺は、昔の俺じゃない。龍くんにだけは見られたくない俺なんだ」

「意味がわからねぇ。とにかく車に乗れって。でもって、ちゃんと説明をしろ」

龍彦は諦めることなく誠実の肩を掴《つか》み、顔を覗き込む。

心許《こころもと》ない街灯だけを頼りに互いを見つめ合う。

誠実はすぐにでもしがみつきたい激情に駆られたが、必死でそれを振りきり、今一度龍彦の手を払おうとする。

「俺は……犯罪者だ……」

声を震わせながら絞り出した。

「まさか、誰か殺《や》っちまったのか」

いっそう肩を強く摑まれる。

誠実は聞かれた内容に逆に驚き、今度は目一杯首を横に振った。

「なら、強盗か強姦か⁉　まさか薬に手を……」

「横領！　横領だよ‼」

この上何を言い出すかわからない龍彦を遮《さえぎ》り、思わず叫ぶ。

「金？　いったいどうして――。何に困ったんだ」

すると、そんなことかと言わんばかりに吐き捨てられて、誠実は続けざまに声を荒《あら》らげる。

「そうじゃなくて！　冤罪《えんざい》なんだ。俺がやったことにされただけで……」

「なんだ――。やってねぇのかよ」

まるで話が噛み合わない。

誠実にとっては、人生を狂わすほどの事件だというのに、龍彦は尚もそれがどうしたと言わんばかりの反応だ。

スッと通った形のよい鼻を鳴らして、笑い飛ばす余裕さえ見せている。

「あまりにも急な展開で――。いつのまに偽造されたのかもわからない証拠を揃《そろ》えられて、言い訳もできないまま追い出されて……。無実を証明する手立てがなかった。でも、そのせいで父の遺骨を墓にも入れてやれなくなって……。俺は、もう何もかもを失ったんだ」

しかし、横領と言った誠実に見せた龍彦の反応、想像もしていなかった態度を取られたことが、誠実を余計に困惑させた。

今の今まで堪《こら》えていたのに、限界を超えて涙が溢《あふ》れ出す。

すっかり冷えきった頬を流れる涙は、凍雨とは比較にならないほど温かい。

だが、その温もりを感じると誠実は、龍彦との再会が、夢でも妄想でもないことを改めて実感し始める。

「俺は……、もう龍くんが知る頃の俺じゃない。龍くんが気遣ってくれた潔白な俺じゃない。だから、見るな……。こんな……俺は、見られたくない!!　もう、この世から消えたいくらいなんだから！」

これが夢ならよかった、妄想ならよかったとしか思えない誠実にとっては、せめてもの救いさえ奪われたように思える。

身体ごと捻《ひね》って龍彦に背を向けるが、それでも龍彦は肩を掴んだまま自身の腕の中へ引き戻す。

「馬鹿を言え。上等じゃねぇか」

街灯の投げかける心細い光のためか、それともこれが龍彦の本性か。見たこともない陰影を含んだ微笑と、尚も低くなった声色に、誠実は背筋に震えが走った。

「……龍くん？」

すると、怯えから目を逸らせずにいる誠実の唇に、龍彦が親指の腹を押し当てた。

「お前、この俺を誰だと思ってるんだ。仮に、大罪を犯して今朝までムショ暮らしでしたって言ったところで、そりゃお勤めご苦労さん。随分大成したなって、笑って返されるような世界に住む男だぞ。お前の横領だって、なんだ冤罪なのか。一億、二億くらいはおっかぶせられたんだろうな？　たかだか数千万のはした金で人生終わるとか、勘弁しろよって言ってやる」

クスッと笑いながら、ゆっくりと唇から指を離すと、それを自分の唇に押し当て、舌の先で舐めてみせる。

（――っ!!）

その瞬間、誠実の中から忘れもしない欲情が甦《よみがえ》る。

寒夜の雨に凍えた心身が、嘘《うそ》のようにカッと火照《ほて》った。

「どうやら地獄の閻魔《えんま》が、俺に向かって微笑《ほほえ》んだらしい」

今一度悪びれた笑みを浮かべた龍彦の手が、躊躇《ちゅうちょ》もなく誠実の頬に伸びた。

「俺は、今もお前が好きだ。誠実」

かつては友情でしか発したことのなかった一つの言葉。

だが、それが別の意味を含むことは龍彦の艶《つや》めいた眼差しが、そして誠実の高鳴る胸の鼓動が教えてくれる。

「龍くん……」

誠実は、濡れた頬を包む硬質な手に、自らも手を重ねた。

「この世に未練がないなら、地獄へ来い」

「地……獄？」

誠実は、これこそが嘘じゃないかと頭によぎった。

諦めようと思うも、できなかった。無理だ、駄目だ、叶わないと理解すればするほど、夢にまで見た。その龍彦からの告白だ。

それもこれ以上ないだろう、極上な誘い文句だ。

「俺の腕の中。関東連合極盛会《ごくせいかい》・藤極組四代目組長、のな」

（龍くん！）

誠実は込み上げる激情のまま、龍彦に抱きついた。

そして、龍彦はそれを包み込むように抱き留めると、かつて指しか押し当てたことのなかった唇に、初めて自身のそれで触れてきた。

（――龍く……ん）

こんなにも気持ちも身体も熱いのに、初めてのキスは冷たかった。

まるで氷のようで――。

「ん……っ」

「っん、くっ」

それがどうにも納得できず、二人は幾度となく唇を貪り、キスを交わした。

互いの温もりを感じ、そして覚えるまで、長く、深く。

（……龍彦。好き……）

「く～ちょ～！」

――と、龍彦の背後から、世にも愛らしい声がした。

「あ、ちゅぅぅぅぅ～っ」

（へ⁉）

「――‼」

二人同時に声のほうへ振り向く。

すると、五メートルほど先に立つ街灯の下で、サンタクロースを思わせる赤いコートを羽織った幼児が、チュウをしていた誠実たちを嬉しそうに指差していた。

(わっ! 見られた!!)

さらにその幼児から二十メートルほど先には、慌ててリムジンを飛び出して転んだのか、四つん這いの姿勢からクラウチングスタートを切って、猛然とダッシュしてくるヤンキーっぽい金髪青年もいる。

「駄目です、龍海坊《たつみ》ちゃん!」

よほど焦っているのか、青年は攫《さら》うようにして幼児を抱える。

だが、当の本人は大はしゃぎで、尚も龍彦と誠実を指差していた。

「たっちゅんも~」

「今は駄目ですっ。あとにしてください。今世紀最大級でお邪魔なシーンっすよぉ~っ」

「や~っ。く~ちょ~っ」

必死の攻防も虚《むな》しく、とうとう幼児は青年の腕の中から、龍彦に向かって両手を伸ばした。

育児はおろか、子守さえしたことのない誠実だが、このアピールは明確でわかりやすい。

龍彦への抱っこ指名だ。

そして、当然それは本人もわかるのだろう。

「くっそぉっ」

(――――え!?)

龍彦は憤慨を露《あら》わにしつつ、誠実の腕を掴んで猛進すると、青年から龍海をふんだくるようにして抱き抱えた。

右手に誠実、左手に龍海という、なんともはやな状態だ。

「と・ば・りっ。テメェ、何してやがる。全員車で待機と言ったよな」

どんなに凄《すご》んで怒ったところで、威厳も何もあったものではない。

一分前までは、関東極道の迫力満点だったものが、今はゼロ。

それどころか、抱っこに満足した龍海が「きゃっきゃっ」とはしゃげば、もはやマイナスの域だ。

「すんませんっ！　いつの間にか、ドアの開け方を覚えてしまっていたみたいで、ちょっと目を離した隙に……。後生《ごしょう》ですから、許してください!!　本当に申し訳ありませんでしたっ」

龍彦の立場を考えれば、リムジンの後部席から一人で出てくることは考えづらい。

運転手と護衛の一人や二人は常に一緒だろう。

まさか、そこに幼児が同乗しているとは、目の前にいる子を見ても、誠実にはなかなか呑《の》み込める話ではなかったが――。

「もういい！　とにかく帰る。一緒に来い、誠実」

「え」

いずれにしても、誠実は生半可な返事しかできないまま、漆黒《しっこく》のリムジンに引っ張り込まれた。

「どーじょ」

そしてどこへ連れて行かれるのかもわからないまま、チャイルドシートに着席させられた龍海からミニタオルを差し出される。

「ありがとう」

「へへへっ」

先ほどまでの豪雨は叢時雨《むらしぐれ》だったのか、すでに晴れ上がった夜空には星も見え始める。

（いったい、何が起こっているんだ？）

受け取ったミニタオルで濡れた顔を拭《ぬぐ》うも、誠実は小さく首を傾《かし》げていた。

（どうしてこんなことに？）

この疑問に関しては、今しばらく答えが見つかりそうになかった。

2

都下のベッドタウンで、比較的裕福な家に生まれ育った佐々木誠実は、二歳の頃に両親が離婚。その後、母親とは死別している。

しかし、父子家庭ながら、歪むことなく真っ直ぐに育っていた。

法務省勤めの父親は仕事で忙しく、家事は二日に一度通ってくるハウスキーパーがこなしていたが、育児そのものは極力彼がしてくれた。

教育に関しては、その真面目さと厳格さは他の追随《ついずい》を許さないようにも見えたが、誠実自身はそれと同じほどの愛情も感じていたので、幼少時から身に付けさせられた学習習慣は、さして苦に感じたことがない。

父親はできれば誉めてくれたし、できなければ懇切丁寧《こんせつていねい》に教えてくれた。声を荒らげて怒ることもなく、常に紳士で穏やかな人間だった。

そして、誠実は子供心に、どんなときでも糊《のり》の利いたワイシャツにネクタイ、アイロン掛けされたスーツに磨き抜かれた革靴と鞄で仕事に出る父親が大好きだった。

いってらっしゃい——と見送るときに、スラッとしたいでたちに知的な雰囲気を漂わせる後ろ姿には、物心ついたときから憧れを抱くほどで——。

誠実が自ら進んで勉強していたのは、そんな父親といつか同じ公務の世界で働けたらと思うようになっていたのもある。

ただ、こんな誠実だけに、インドアかアウトドアかと聞かれれば、もちろんインドア派。お世辞にも社交的とは言いがたく、自分から誰かに声をかけて友達を増やすのは苦手なタイプの子供だった。

そんな中、最も仲良くしていたのが、近所に住む同級生の龍彦。快活でリーダーシップもあり、またやんちゃな面もあった彼は、誠実と気が合い、何かと一緒にいた。

しかし、そうなったのは、ひとつの事件がきっかけだった。

あれは小学校二年生のこと――。

「やだ！　やめてっ。お金持ってないよ！」

学校の帰り。普段寄り道などしない誠実が、どうしても我慢ができずに、回り道。公園にあるトイレに立ち寄った。

すると、そこで突然大人の男に抱きつかれて、個室に押し込められた。衣類を探るように撫《な》でられて、今ならわかるが強姦されそうになったのだ。

「誰か助け――んんっ！」

誠実は、わけもわからない恐怖で、できる限りの抵抗をした。

「うるさい。静かにしろ。黙ってろ」

だが、体を押さえつける男の力は強くなるばかりで、まるで歯が立たない。奪えるお金など持っていないとわかった男に、誠実は殺されるのかと思った。

「――お前！　誠実に何してる‼」

そこへ偶然通りかかったのが、公園を通学路にしている龍彦だった。

叫ぶと同時にトイレの扉をガンガン蹴り上げ、男を追い払ってくれたのだ。

「ちっ」

「どっか行け！　テメェ、次に会ったらぶっ殺すからなっ！」

口は悪いが、誠実にとってはまさに救世主だ。

「龍……くん」

「大丈夫か？　誠実」

こうして誠実は、龍彦によって難を逃れた。

狭小の密室で襲われたため、打ち身やかすり傷は負ったが、幸い大きな怪我《けが》はなかった。

「ありがとう、龍くん」

「怖い大人だな。もう、一人で帰らないほうがいいぞ。誠実は男だけど、かなり可愛《かわい》いし。また変な奴に狙われたら大変だから」

見ず知らずの男に衣服を探られ、身体に触れられたことには、悍《おぞ》ましいまでの嫌悪を感じたが、すぐにそれも薄れていった。

自分とはまったく異なるタイプの龍彦——当時から学年で一番の人気者だった彼と、これをきっかけに仲良くなれた。

ただのクラスメイトの一人に過ぎなかった自分が、彼の親友になれたからだ。

「うん。気をつける……。でも、そしたら……僕。龍くんと一緒に帰ってもいい？」

「いいよ！　帰りだけでなく、行きも全部、俺が誠実のこと守ってやるよ！」

「本当、龍くん！　でも、そしたら僕も——。ううん、俺も龍くんのことを頑張って守るよ！　二人で守りっこだからね！　約束だよ」

「よし！　約束だ」


そうして誠実は、龍彦と一緒にいることが常になった。

（もしかしたら、お前ばっかり仲良くしてずるいってみんなから言われるかな？）

最初はそんな心配もした。

だが、社交的ではないにしても、嫌われていたわけでもなく。むしろ勉強に関しては頼られることも多かった誠実は、これを機に周りから「声がかけやすくなった」と歓迎された。

「なんか、この頃モテモテだな、誠実。でも、一番仲いいのは俺だからな！」

「うん！　もちろんだよ」

ときには二人の親友具合が熱すぎてバカップル認定されかかったが、そこは学年一の成績を誇る誠実に「バカ」と言える者はおらず――。

結局のところ、仲がいいのはいいことだ、で落ち着き、その後も誠実と龍彦の仲は続いた。

ただ、そんな仲良し関係に、これまでとは違う何かを覚えたのは、高学年になってから行った移動教室先でのこと。

「わ！　先生がくる!!」

「みんな布団に潜《もぐ》って！」

「誠実、お前もだ」

(――え)

消灯後の深夜。お約束のようなはしゃぎっぷりの中で、誠実は龍彦と同じ布団に潜った。

すでに彼との体格差は現れ始めていた。

しかし、この瞬間まで誠実はあまり気にしていなかった。

(龍くん。なんかもう、中学生みたい。もしかしたら、精通とかしてるのかな……)

なんとなく考えてしまったのも、普段の勤勉の表れで、保健体育の延長のようなものだ。

(――いや、駄目だ！　こんなこと想像するのは、龍くんに失礼だ。俺が変態だ！)

ただ、誠実はこのときとてつもない罪悪感を覚えた。

まるで雷に打たれたような衝撃とともに、触れてはいけない何かに触れた気がした。

（どうして？　なんで……、こんな……）

以来、誠実は意識して、こうしたことは考えないようにした。

（俺、何か変だ……。これまでとは違う感じで、龍くんのことが気になる）

だが、人間は意識して忘れることは難しい。

意識している時点で、気になって仕方がない状態だ。

しかも、中学に上がれば、ときにはエッチな話題も同性同士なら飛び出す。

女子の誰が好きだの、付き合うなどという話題は小学生の頃からあるが、男子がこうした話を口にするのは、やはり思春期に入ってからが多い。

当然、この頃には、公衆トイレで襲われた意味も理解できてきて――。

それもあり、誠実はあえてそうした話には、加わらないようにした。

「あーあ。同じクラスになりたかったのに。よりによって一組と五組じゃ端と端だ」

「大した距離じゃないだろう。俺の足なら十数秒でひとっ走りだし」

「廊下は走っちゃ駄目だろう」

「真面目だな～、誠実は。なら競歩でどうだ」

「龍くん！」

龍彦と交わす会話も、小学生の頃と代わり映えのしない内容を意識して選んだ。

ただ、さすがにこうなると、これまで誠実の中で引っかかり続けてきた龍彦への〝何か〟が何であるかには、いい加減に気付き始める。

みんな同じ制服を着ているのに、龍彦だけが違って見える。ルックスがどうこうではなく、彼のすべてが特別輝いて、素晴らしく見えるからだ。

そして、恋話《こいばな》にはしゃぐクラスの女子たち曰《いわ》く、これが「何それ、完全に恋愛フィルターがかかってるじゃん」ということらしい。

自然と耳に入るこうした話題から、誠実は龍彦への恋を自覚し、認めざるを得なくなっていったのだ。

同時に、永遠に明かすことのない、秘めたる思いで終わらせる覚悟をしたが――。


「龍くん。また背が伸びた？」

龍彦との関係を、今ある友情をなくすくらいなら、叶うはずのない初恋など、誠実にとっては無価値に等しかった。

「そうか？」

「伸びてるよ。この半年くらいで、四、五センチは伸びてる。いいな。羨《うらや》ましい」

「そういう誠実は、成績が伸びっぱなしだろう。もはや学年トップは当たり前。都内はおろか、全国模試のランキングでも、グイグイと順位を上げててさ～っ」

「そういうのとは比較にならない」

「なら、俺の背丈を羨むことはないだろう。お互いに、足りないところはある。補い合えればいいじゃないか」

「そういうことじゃないんだけど」

「なら、どういうことだよ」

しかも、これは邪恋だ。

そもそも道ならぬ恋であり、この感情の先にはもしかしたらあのとき誠実を襲った男のような、醜《みにく》い性欲があるかもしれない。

幼かった誠実が恐怖し、悍ましいまでに嫌悪した無責任極まりない欲望に、誠実自身が囚われるのはなんとしても避けたかった。

ましてやこんな気持ちを龍彦に知られるくらいなら、今ある友情を大切にし、大人になっても続いていくよう努力するほうが、どれほど実りのあることか——。

「上手く説明できない。ただ、補い合えばいいっていうのはわかったから、教科書を出して。今日から龍くんの予習復習に付き合うから」

「は⁉」

「まずは数学をやろうか」

「どうしてそうなる」

「俺に補えることなんて、勉強くらいしかないだろう。だから、龍くんはもし俺じゃ届かないところにある荷物があったら、代わりに取って」

「そういうことじゃないんだけどな」

「なら、どういうこと？」

「――降参。俺も上手く説明できねぇや」

「でしょう」

それでも思春期とは残酷なもので、誠実の視線は、男らしく逞《たくま》しく成長していく龍彦から逸らすことができなかった。

誠実が特別小柄で女々しかったというわけでもない。

龍彦ほどの長身でないにしても、無駄のないスレンダーなボディに知性溢《あふ》れるクールビューティー。その上、成績は常にトップで、絵に描いたような生徒会役員だ。

当然バレンタインには山ほどチョコレートを贈られ、ときには上級生から体育館裏に呼び出されて告白をされるという、少女漫画のお手本のようなこともあった。

ただし、それを聞きつけた龍彦が、呼び出しの意味を勘違いし、鬼神のごとく駆け付けたところで、相手は悲鳴を上げて逃げていった。

勘違いとわかった龍彦が土下座に及んで「ごめん！」したまでがワンセットだ。

もはや母校では伝説化しているらしい「何そのＢＬ⁉」的な逸話である。

とはいえ――。

邪恋から目を背けたことで、未来永劫《えいごう》に続く友情を手に入れたかのように思えた誠実に、別離を突きつける出来事が起こったのは、高校受験を控えた中学三年の九月のこと。

「聞いた？　龍彦くん家《ち》のこと」

「聞いた聞いた。ずっとシングルマザーなんだと思っていたら、別居してただけ。本当は都心にある藤極組とかって組の後妻さんで、組長夫人だったんでしょう。もう、ビックリだよね」

「やっぱりあれかな？　素性を知られたくないから、旧姓名乗ってまでシングルのふりをしてたのかな？　それとも前妻さんの派閥みたいなのがあって、家に入れてもらえなかったとか？　結局、身体を壊したから同居になるらしいけど……」

「でもさ。普段から人付き合いが悪いというか、なんというか。今思うと、世間を避けていたっぽいところはあったもんね」

「確かに――。たまに柄の悪そうな男の人たちが、家に出入りするのを、見た人もいるしね」

どこから話が漏れたのか、また流されたのか。誠実がこの話を知ったときには、校内はおろか、町内中が知るところになっていた。

「龍彦がヤクザの子って……」

「おい、嘘だろう。マジかよ」

一昔前でも、噂話の拡散は早い。

それが、インターネットが定着し始め、携帯電話を持つ中高生も増えてきた頃だ。

誠実は校内の至るところで龍彦の話を耳にした。

中には、あからさまに龍彦を避ける者が出てくる状態だ。

「周りなんて気にするなよ。龍くんは何も悪くない。もちろん、お母さんだって」

当然、この状況から龍彦を守るのは自分しかいない。誠実は、放課後の教室に一人で残り、窓にもたれて空を見ていた龍彦を見つけると、すぐに声をかけた。

今こそ〝守りっこ〟の約束を果たすときだと思ったからだ。

「いや、お前が気にしろよ。ってか、一番気にしなきゃいけない立場だろう」

しかし、それは当の本人から断られた。

「どうして？」

「男手一つで誠実を育ててくれた親父さんは、霞ヶ関《かすみがせき》の上級公務員だぞ。お前だっていずれは親父さんと同じ道をと思って、小さい頃から猛勉強してるんだろう」

「なんの関係があるんだよ！」

「公人の身辺は、常に綺麗《きれい》に限るってことだ。お前がヤクザの息子と親しいなんてことになったら、親父さんの出世の妨げになるどころか、ゆくゆくはお前自身の足をも引っぱりかねない。言われなくたってわかりそうなもんだろう」

「――そんな！」

いつの時代の話だと言いたいところだった。

だが、実際表立ってヤクザが街中を徘徊《はいかい》していた時代よりも、規制が強まり、その姿を見ることがなくなった近年のほうが、世間の目は厳しい。

それは誠実の父親も口にしていたことがある。

普段は特別に意識しなくても、改めて考えてみればわかることだ。

「今なら、知らなかった。知っていたら付き合わなかった。たまたま家が近くて、小中学校が同じだっただけだ。そんなレベルの同級生なら何十人といるで通る。みんなが自分のためにも、口裏を合わせてくれる」

しかし、だからといって――。

龍彦は誠実に、これまでの付き合いの一切合切を忘れるよう、なかったことにするように言ってきた。

「嫌だよ！　意味がわからない！」

「どの道俺は転校するし、今後は関わり合うこともない。今日まで片親同士ってこともあって仲良くしてきたが、だからこそ俺たちは孝行しなきゃならないだろう。お前は父親に、俺は母親に。まあ、うちは実際両親だったわけだけど……。けど、だからこそ母親も気苦労が絶えなかっただろうし……。身体も悪くしてるしさ」

「龍く――!?」

当然、誠実には納得ができることではなかった。

だが、反論しようとした誠実の唇は、不意に龍彦の指で塞《ふさ》がれた。

それも、黙れ――と言うふうにではない。

頼むから――そう言いたいのが、伝わってくるような触れ方だ。

「あれからお前も背が伸びた。大概の高さにあるものなら手が届く。あとはまあ、俺がそれなりに勉強すれば、お互いに自分の尻は自分で拭えるってことだ」

(龍くん……)

「じゃあな」

そうして、別れの言葉と同時に、龍彦は手を引いた。

そして、誠実の唇に触れた指を自身の唇へ持っていく。

わざとらしい投げキスを寄こす。

(――龍くん!)

それが間接キスと呼べるものなのかどうかは、わからない。

ただ、この瞬間、誠実は両思いだ。自分と龍彦はいつしか同じ気持ちで、今日まで一緒に過ごしてきたと確信した。

「龍くん……」

こんなことなら、もっと早くに打ち明ければよかった。

いずれ今日の別れが来ても、友情以外の思いを共有できた。

分かち合うことができた。

それがどれほど幸せなことなのか、今ではもう知りようもない、

「……ずるいよ……」

自然と涙が溢れ出して、止まらなくなった。

(僕はまだ触れてない……。俺だけ、龍くんの唇に、一度も触れてないよ！)

誠実がやりきれない思いから奥歯を嚙み締めたのは、これが初めてのことだ。


その後――。

誠実は何事もなかったように振る舞うことに必死になった。

未消化なまま、いっそう強まるばかりの龍彦への思いを誤魔化したくて、勉強にも勤《いそ》しんだ。

それが功を奏してか、誠実は難関高校から難関大学へ進み、資格試験にも合格した。

財務省の外局である東京国税局に入局し、税務署職員として新社会人をスタートしたのだ。

そうして、一時期は地元を離れて一人暮らし。勉学に職務にと徹していた。

だが、一年前に、再び運命が狂い始めた。

唯一の肉親である父親が、難病を発症して倒れた。その精密検査の際にステージⅢの癌《がん》まで発

見されてしまったのだ。

「――何も、辞めることは。あれだけ猛勉強して、ようやくここまで来たというのに」

誠実は躊躇《ためら》うことなく、職場から離脱した。

父の余生を見守り、自分が見送ると即決したからだ。

「父さんのためだけじゃないよ。自分が後悔したくないんだ」

「そんなことを言って、お前はいつも自分を犠牲《ぎせい》に――」

「だから、本当に俺のためだって」

今の時代、癌だけなら治療の方法はいくつもある。また難病だけなら、時間はかかっても、回復の希望があったかもしれない。

だが、誠実の父親は、難病が邪魔をし、思いきった治療ができない状態にあった。

当然、その間も癌は進行する。

先の読めない、だがこの先何年も生きられないとわかっている父親と、できる限り一緒にいるには、迷う暇もなかったのだ。

「私がいなくなったら、もう何も気にするなよ」

「……？」

「人間関係も、肩書も……」

「⁉」

父を看ながら、せめて悔いのない最期のときをともに過ごそうと、誠実は献身的に尽くした。できることは何でもしたし、それにかかる出費は惜しまなかった。

「誠実……。どうか、自分のために。自分が後悔しない生き方で、好きな者と好きなように……いいな」

「父さん！　父さん!!」

父親は闘病の末、半年後に亡くなった。

幾度か意味深なことを言われたが、もしかしたら父親は龍彦との友情が終わった理由の一つが、自分の職務にあると気付いていたのかもしれない。

龍彦自身は、父も認める息子のいい友人だった。

いつかみんなで酒を飲めたらいいな――などと。誠実には言ったことのないような軽口も、龍彦に対しては言っていたことがあった。

（――一人か）

そうして誠実は、しばらく父の供養《くよう》や遺品整理などもかねて、休養をすることにした。

半年のことだったとはいえ看病疲れが残り、再就職は落ち着いてからと考えていたのだ。

だが、そんな誠実に「こんなときだけど、悪いことではないから」と、再就職の話がきた。

持ってきたのは、父方の伯父夫婦。

なんでも伯母方の甥《おい》に議員秘書を務める者がいて、そこで早急に事務兼第二秘書を探している。

そんな話が出たときに、伯母から誠実のことを聞き、「それならまずは事務職で。よかったらどうだろう?」という運びになったらしいのだ。

とはいえ、それを聞かされたのは、葬儀から一週間後だ。

当然、父親の四十九日や納骨も済んでいない。早急に受けるのは無理だと判断、一度は辞退をした。

だが、伯父夫婦も力になるし、何より伯母の顔を立ててもらえたらと懇願された。

さらにはその秘書をしているという甥、誠実より十歳年上の久遠《くおん》が直々に会いに来たことで、誠実は断りきれなくなって、結局翌月から勤めることになった。

「仕事は正確だし丁寧だし。誠実くんが来てくれて、本当に助かるよ」

「ありがとうございます」

「本当。君のように素敵な子がいると、それだけで職場が華やかになるし、通うのも楽しくなるからね」

「え?」

「あ、私だけじゃないよ。みんな、そう言ってるってこと」

「……それは、どうも」

最初は議員事務所の事務か——と、正直あまりいい印象がなかった。

しかし、税務署にいた誠実に声をかけるだけあり、帳簿の中身はクリーンで、一緒に勤める者たちにも、まったく悪い印象はなかった。

「誠実くん。今夜は空いてる？　よかったら帰りに食事でもどうだい？　それとも先約があるかな？」

特に誠実を引き込んだことに責任を感じていたのか、久遠は何かと気にかけてくれた。

銀縁眼鏡のインテリな見た目に反し、気さくでとてもとっつきやすい人物だ。

「いいえ、俺は特に。それより、久遠さんは大丈夫なんですか？　定時で上がれるときぐらい、一緒にいたい方がいるんじゃないですか？」

「それならいいんだけどね――。生憎、こんな仕事をしていると、警戒心ばかり育ってしまって。誰を見てもハニートラップを疑ってしまうんだ」

「あ……。なるほど」

「まあ、そんな理由で誘うなよとは思うかもしれないが。せっかくの定時上がりに、誰もいない部屋に直帰は、寂しいというか、もったいないから付き合ってくれたら嬉しいな」

「――はい。そういうことでしたら」

また、彼の推薦《すいせん》がよかったのか、誠実が資格持ちであることも考慮されて、給料も手取りとしてはまあまあだ。

敬愛していた父を、闘病の末に亡くしたばかりの誠実には、何かと救いとなる職場だった。

（これなら続きそうかな。とはいえ、実際は次の選挙次第なのかもしれないけど。そう考えると、政治家秘書も大変だな。——あ、納骨もしなきゃ。敷地から墓石から準備ってなると、さすがに四十九日に合わせてはできなかったし、この分だと百箇日どころか、年内も無理そうかな？　でも、そこは伯父さんがまめにフォローしてくれてるし、年明けには大丈夫かな？　今度聞いてみよう）

そうして勤め始めて五ヶ月が経ち、新年を迎えた。

誠実にとって、いったい何が起こっているのか理解ができないことが続く一日が、突然やってくる。

「まさか君が、こんなことをするとは思わなかった」

「灯台下暗しとはこのことだよな。着服した金を、そのまま職場に置き続けるとは普通は考えないし」

「そんな……、こんなお金、私は知りません。横領なんてしていません！」

その日は朝からやけに物々しいなと感じていた。

すると、午後になっていきなり事務所の先輩たちから、「先生立ち会いの下で、私物の確認をさせてほしい」と言われた。

何事かと思うも、了承した。

だが、身の回りをすごい勢いで物色されると、誠実のデスクやロッカーなどからは見たこともない大金が出てきたのだ。

「亡くなった父親の医療費は保険適用外の部分もあり、そうとうかかったらしいじゃないか。そのために満足に墓も建てられず、実家を手放すかもしれないなどとも聞いているよ」

「冤罪です！　確かに父の治療費は高額でしたが、父にも私にもそれなりの収入と貯えがありました。その後もこうして勤めていますし――。未だに納骨ができていないのは、すぐにこちらにお世話になって、まとまった休みが取れなかったからで。実際、お墓の手配は進めていますし」

――はめられた⁉

一瞬そんな言葉が頭をよぎるも、展開が急すぎて、ついていけなかった。

「言い訳をするな！　先生もお金さえ戻れば警察沙汰にまではしないと言っている」

「いえ！　でしたらむしろ、警察沙汰にしてください。そのほうが私の無実が証明されるはずです」

「そんなことをして、マスコミに騒がれ、世間に騒がれでもしたら、困るのは先生なんだよ。それに久遠や君本人、君の亡き父上の名誉にも関わることになるんじゃないのかね」

「なっ――。久遠さんには関係がないし、ましてや父になんの関係が！」

「関係ないって。親戚筋だし、親子だろう。特に父上は、他界しているとはいえ、元法務省勤めの高級官僚だ。それが犯罪者の親となったら――。今どきの世間は、元がつく死者であっても、上級公務員を叩くのは好きそうだからね」

「――」

「ましてや君も元公務員、それも税務署職員だ。それが横領となったら、さぞ一般市民の鬱憤《うっぷん》晴らしの対象になり、あることないことを騒がれるだろう。それこそ、新たな冤罪も生み出されかねない。歪んだ正義感の持ち主たちに、根拠はいらない。誰か一人が〝そうだったらしい〟と発信すれば、数時間後には事実のように拡散されてしまうのが、今の社会だしね」

どこで、誰に、仕組まれた？

そもそもこの金はどこから⁉

そう思うも、この場では八方塞がりだ。心ない脅迫に、咄嗟《とっさ》に返す言葉が見つけられない。

「守りたいだろう。君自身は捨て身になれても、退職までして看取った父上の輝かしい職歴と功績は。だが、それは私たちも同じなんだ。ここまでくるのに勤勉に、ただ実直に勤めを積み上げてきた。それを君のような若造に壊されてはたまらないんだよ！」

「さあ、他言無用だ。今すぐここを出て行け‼」

「――」

誠実は僅かな私物とともに、事務所を追い出された。

だが、そんな誠実のあとを追い、たった一人だけ声をかけてきた者がいる。

「誠実くん！」

「久遠さん」

「私は君を信じている。だから、決して諦めないで。ただ、少しの時間でいいから、他言無用で私を信じて待っていてくれ。今日の今日では、私も何が何だかわからなくて――」

呆然としていた誠実に対し、久遠は焦りを隠せないでいた。

彼自身は、まさか誠実がこんなこと⁉　と思っているだろうが、同時に誠実を事務所に引き入れた我が身の立場に不安はあるだろう。

こんなときに、それを隠せるはずがない。

「いいえ。お気遣いは無用です。私に関わると、久遠さんの立場まで悪くなります。それにこんなこと、誰に言っても信じてもらえないでしょうし――。口にすることもないと思うので、どうぞ安心してください」

「誠実くん」

誠実は、この場はいったん大人しく退くしかないと判断をした。

久遠を巻き込まないためにも、無実である確証を掴むまでは、表沙汰にもできない。

ただ、それより何より、まずはいったん落ち着きたい。その後に何ができるのかはわからないが、今は一人になって休みたいと思った。

眠れるものなら何時間かでも寝て、目が覚めたときに、件《くだん》のことを考えようと――。

（……伯父さんからメール？　今すぐ来い？）

しかし、自宅に戻った誠実にとって、これ以上ないほど衝撃的かつ絶望的だったのは、即日のうちに事態を知った身内からの呼び出しであり、そして仕打ちだった。

「なんてことをしてくれたんだ！　一族の恥さらしめ！」

「伯父さん！」

「もう少しで一嘉《かずよし》まで巻き添えを食うところだったのよ！　そんなことになったら、久遠の実家になんて言って謝ればいいのか……。いいえ！　その場で一緒に解雇にならなかっただけで、実は疑われているかもしれない。あんたの共犯だって！」

「伯母さん！　俺は無実です。これは冤罪なんです」

「だとしても！　一度貼られたレッテルは、一生剝《は》がせやしないわよ。そもそも日頃の行いに問題があったから、お前ならやりかねないってことになったんでしょう。逆を言えば、一嘉はそれだけ信用されているってことなのかもしれないけどね！」

「そんな！」

久遠から知らせを受けたのだろうが、誠実は伯父夫婦に横領犯として責め立てられた。

仮に冤罪であっても、それがなんの役に立つ？

すべては、日頃からお前の行いが悪いのだと、言い捨てられたのだ。

「こうなったら、遺骨は他へ持って行けよ。本家と菩提寺《ぼだいじ》を一緒にすることは許さないからな」

「そんな！　すでに敷地も購入して、お墓の注文や支払いも済んでいるのに」

「犯罪者の父親なんて、受け入れられるはずがないでしょう！　それこそご先祖様に申し訳ないし末代までの恥さらしよ。だいたいこんなことになったら、普通は自分から遠慮するものじゃない？　どこまで図々しいのよ、あんたは！」

「……っ」

しかも、父を亡くした哀しみを堪え、新たな仕事に神経を使い奔走《ほんそう》する中で、休む間もなくコツコツと準備してきた納骨の話までなかったことにされた。

「今は宗派も関係なく、永代供養をしてくれる寺がいくらでもある。息子がしでかした結果でこうなるなら、誠《まこと》も諦めるだろう。とにかく！　私たちにだって立場や世間体があるんだ。今後はいっさい身内を名乗るな。特に一嘉にだけは迷惑をかけるなよ」

「本当。こういうときだけは、この苗字でよかったと思うわ。佐々木なんてどこにでもあるし、赤の他人で通せるものね」

だが、さすがに誠実も、打ちひしがれてばかりはいられなかった。

絶縁された伯父の家を出たところで、納骨を予定していた菩提寺へ直接電話をした。

「もしもし。芳大寺《ほうだいじ》の住職様ですか？　突然すみません。私、そちらでお世話になっております、佐々木と申します。先日お願いした父のお墓の土地と墓石の件で、是非ともお話ししたいことがございまして」

〝失礼ですが、どちらの佐々木様ですか？〟

「――!!　ごめんなさい。佐々木誠実です。父の名前は誠。そちらには曾祖父《そうそふ》・誠之介《せいのすけ》の代からお世話になっております」

〝ああ、佐々木誠之介様のお宅ですね。すでにお話は伺っておりますよ。このたびは、お気遣いあるお布施《ふせ》をありがとうございます〟

「……お布施？」

〝はい。お話はすでにご本家様から。急に海外永住が決まって、お父様の遺骨を持って行かれることになったそうですね。それでキャンセルされた土地代と墓石代に関しては、当寺へ――と〟

「――」

ここまで衝撃が続くと、もはや度合いもわからなかった。

ただ、わかっているのは、一円も戻ってこないということだ。

父親の闘病生活を支え、葬儀を済ませたところで、誠実が預かっていた父親の預金ではまったく足らずに、自分の貯金を切り崩していた。

生命保険の類《たぐ》いにしても、一般的な病気や怪我、介護の対象重視で、死亡に対しては軽い保障の設定だ。当然難病に対する適用はなく、癌で対象になって下りたお金も、結局保険適用外の難病治療費で相殺《そうさい》されてしまった。

入院費用に加えて、自身の生活費だってあった。

すぐに再就職したとはいえ、入りたてだ。悪くはない月給だったが、日常の生活費で消えていた。

そんな中でも父親の墓だけは、いずれは自分も入るのだしと思い、残りの貯金を注ぎ込んだ。

それだけに、せめて父の名を刻んだ墓石だけでも確保しておきたかったが、この分では伯父夫婦がキャンセルしている可能性もある。

それこそ伯父が横領していないだけ、マシな話だ。

これ以上は確かめる気力さえ、もはや皆無だ。

〝すみません。何かお話が違っておりますでしょうか？〟

「……いいえ。伯父の手配が行き届いているのに驚いただけです。父は、曾祖父母も祖父母もとても好きでしたので、どうかそちらで供養の足しにしてください」

〝さようですか。承知いたしました〟

「それでは失礼いたします」

誠実は、文字どおりすべてを失った。

半ば自棄になり、自ら手放した感はあるが、それでも通話を切ったスマートフォンを握る手も顔も真っ白で、血の気を失っている。

「――信じられない。昔から、本家を守るためだのなんだのと言っては、さんざん父さんに援助を求めたくせに。その恩さえ忘れて、こんな仕打ちをするなんて」

今の今まで口にするまいと思っていた伯父への不満が、誰が聞いてくれるわけでもないのに、ぽつりと漏れた。

それなりに高給取りだった父親の預金が少なかったのも、元はと言えば親の代から受け継いだ事業を上手く回せず、何かと援助を求めてきた伯父のためだ。

〝兄さんは小さい頃から私と比べられて、とても嫌な思いをして育ったんだ。それでも私を可愛がってくれたし、こうして今も付き合いを続けてくれている。少なくとも私にとっては唯一の肉親だから――〟

生前、父親は幾度かこんなことを言っていた。

それなら――と、誠実も口を挟むことはなかったが、どうやら父親の気遣いは一生一方通行だったらしい。

〝まあ、そうは言っても、お前は距離を置いていいぞ。むしろ私が死んだら縁を切れ。お前に私と同じ思いはさせたくないからな〟

ただ、亡くなる前には、こんなことも言っていた。

倒れてから一度として見舞いにも来なかった伯父だけに、父親の中にあるのは決して兄弟愛だけではなかったのだろう。

おそらく可愛さ余って憎さとなっていた部分は、十二分にあるずだ。

父親とて人間だ。聖人ではない。

一方的に嫉妬《しっと》し憎んでくるだけにとどまらず、長年にわたり金銭的な搾取《さくしゅ》を続ける相手を、善良な気持ちで受け止めるには限界があったはずだ。

「ごめん、父さん……。こんなことになって」

そうして、父親にもあったであろう限界を悟った瞬間、誠実は自身にも限界を感じた。

「父さんは、俺は、いったい今日まで何をしてきたんだろうな？　誰のために、なんのために、馬鹿みたいに勉強をして仕事をして――」

ボソボソと思いつくままに呟《つぶや》き、その場から目的もなく歩き始めた。

伯父の家があるのは、荒川区《あらかわく》。誠実にとっては、伯父の家と最寄り駅くらいしか土地勘がない場所だ。

いい大人が迷子もないが、それさえどうでもよくなり、見たこともない風景の中を歩き続ける。

(――チョコレート？)

そんなとき、流れてきた軽快な音楽と、昔聞いた覚えのある歌詞に気を取られて、ふいに足を止めた。

(正月が終わったと思えば、バレンタインか)

辺りを見回すと、至るところに広告が目についた。

しかし、それらを振りきり、今一度歩く。

(どうしてこんなことになる？　いったい俺が何をしたと言うんだ？)

そのうち都会の空には、闇夜を切り裂くような稲妻が走り、豪雨となった。

凍り付くような雨に打たれ、それでも誠実は歩き続けて、彷徨った。

（全部、どうにでもなればいい……。俺なんかどうにでも!!）

そして、いつしか歩き始めた川沿いの道で、

「――誠実？　お前、誠実じゃないのか？」

藤極龍彦との奇跡的な再会を。

「あ、ちゅぅぅぅぅ～っ」

小さくて愛らしい、季節外れのサンタクロースとの出会いを、果たしたのだった。

3

再び走り始めたリムジンは、一路龍彦の自宅へ向かっていた。

雨をしのげる状態になると、誠実は濡れて纏《まと》わりつく衣類に、自然と嫌悪を感じ始める。

「誠実。今、これしかないんだが、頭だけでも」

「ありがとう」

先にもらったミニタオルとは別に、龍彦から大きめのバスタオルを渡された誠実は、濡れ髪を拭うために、それを広げて頭から被った。

こちらも柔らかなパイル地が心地よかった。これだけでも安堵感《あんどかん》が増す。

(ん?)

しかし、それはフード部分に白クマの目鼻と耳が付いたベビーポンチョ。違和感に気付いたときには、幼児が両手両足をパタパタさせて大喜びだ。

「かーいー」

「だから龍海坊ちゃん、静かにしましょうね」

キャーキャーはしゃぐのを金髪のヤンキー、ではなく。実際は龍彦のところの若手組員であろう、帳《とばり》という青年に制されて、テレビモニターに映された幼児向け番組を見るように促されている。

また、彼の手には、いつでも差し出せるように麦茶が入ったベビーマグとおしぼりがすでに持たれている。よれたジーンズに派手なスカジャンというでたちは、やはり古き良き時代のヤンキーを彷彿《ほうふつ》とさせるが、イクメン顔負けの子煩悩《こぼんのう》さだ。

(坊ちゃん……ってことは、龍彦の子なのかな?)

ふと、そんなことが頭によぎった。

すると、声に出して聞く前に、スマートフォンだろう、龍彦の胸元から振動する音が聞こえた。

「すまない、メールだ。早急みたいで」

取り出して表示を見るなり、画面を開く。

「大丈夫。どうぞ気にしないで」

「ありがとう。あ、龍海は甥っ子だから。そして俺は、未婚で独り身だ」

「……そ、そう。俺も未婚でフリーだ」

「よかった。婚姻成立だな」

「……うん」

先にこれだけは言っておきたかったのか、誠実の疑問は聞くまでもなく回答された。

しかも、現在俺はフリーなので安心して伴侶《はんりょ》として来てくださいと宣言されて、了解してしまう。

(こ、婚姻……。まあ、あの流れからだと、そういう意味なんだろうな。龍彦、要所要所でけじめにうるさい男だったし。容姿や年齢以外は、特に変わった感じもしないし)

なんだかすごいことになっているが、一日のうちに事件が立て続いて、感覚が麻痺《まひ》していた。

(――この分だと、渋谷区《しぶやく》在住なのかな？　届けも出すのかな？)

誠実自身の思考も、ついつい真っ直ぐなのか斜めなのか、わからない方向へ向かっていく。

(婚姻……、結婚か)

それでも誠実は借りたポンチョで髪や首、肩や腕、胸元などを静かに拭い始める。

寒くなってきたのもあるが、その手つきがまめまめしいのは、これ以上車内を濡らしてはいけないということまで気が回るようになったからだ。

幼児同乗への対策なのだろう。ひと目でわかる超高級な革張りのシートにかけられていたアニマルプリントのマルチカバーの存在には、有り難《がた》さしか湧いてこない。

誠実が乗り込んだことでかなり濡らしてしまったが、これなら買い換えではなくクリーニングで済みそうだ。冷静さが戻ってくるにつれ、これはまずい、弁償しなければ――という思いに駆られていたので、大きな救いだ。

(――それにしても、想像したこともなかったな。リムジンの座席にチャイルドシートは)

とはいえ、冷静になって尚、誠実の意識は目の前の光景に釘付けだった。

リビングバーと見まごうような豪華なL字型の座席。

だが、軽やかなジャズにシャンパンが似合いそうな空間のモニターでは、遠い昔に見た教育テレビのお兄さんとお姉さんが、おいでおいでをしながら歌い踊っていた。

また、セットされたテーブルのグラスホルダーには、哺乳瓶《ほにゅうびん》に水筒に粉ミルクのスティック。手遊びができるおもちゃに、軽食やおやつなどが綺麗に差し込まれており、他では見ることがまずないような世界観を醸《かも》し出している。

（地獄へ来いって言われた気がするんだけど、聞き間違いだったのかな？　この分だと、自宅ってどうなってるんだろう？　まさか、家にはものすごい数の子供がいたりして――？）

誠実は移動の間中、自分でもよくわからない想像ばかりしてしまった。

車は一時間と走らなかったように感じるが、誠実は川沿いからどこをどう走り抜けて、目的地へ到着したのかよくわからなかった。

「さあ、ここが地獄の一丁目だ。まずは風呂だな。とにかく入れ」

誠実が案内されたのは、古びた高層マンションの最上階。そのフロアは二世帯しかなく、一世帯の間取りはパッと見てもかなり広い。

玄関から続く廊下は長く、最初に目にしたＬＤＫだけでも三十畳はありそうだ。

しかも、帳と運転手をしていた黒服の男と龍海は隣の玄関へ。龍彦は誠実だけを連れて部屋に入った。

ワンフロアが龍彦や組の持ちものということだ。

「ありがとう。けど、ここは地獄じゃないよ」

「ん？」

「俺にとっては夢にまで見た憧れの楽園。天使は隣の部屋に行ってしまったけどね」

誠実が通された部屋は、全体的にモノトーンでまとめられていて、洒落《しゃれ》たモデルハウスのようだった。

生活感がほとんどない。普段は隣の部屋で過ごし、もしかしたらこちらは客間のような扱いなのかもしれない。

いずれにしても龍彦は、あえて二人きりの時間を作ったのだろう。

まずは冷えた身体を温めるよう勧めてきたが、その眼差しは照れくささと欲望が混在しているようにも見える。

きっと自分も同じなのだろうな——と、誠実は思った。

「誠実」

「龍くん」

家主のために管理されている空調は、案内された脱衣所にも行き届いていた。

二人が並んで立てる洗面所を兼ねているので、広々としている。

ここに来て、ようやくまともに微笑むことができた頬の筋肉は、つい先ほどまで凍り付くように冷えていたことを誠実自身にも教えてくれる。

「――なあ。さすがに、その呼び方はもうやめないか。改まって聞くと、むず痒《がゆ》い」

「あ……」

言われてみれば、そうかもしれない。

誠実と龍彦は同級生。今年でもう三十一だ。

「なら、藤極……くん？」

「他人行儀な。俺はいつだって誠実って呼んできたのに。龍彦でも龍でも呼び捨てでいいよ」

「龍……、龍彦？」

「いい響きだ」

ただ、こんなときに、こんなところで話す内容でもないだろう。

それがわかるだけに、誠実は彼の名前を呼びながら、心が震えた。

ようやく得た暖のはずなのに――。

なんだかこの場になって、龍彦から躊躇いや迷いのようなものを感じ始めたからだ。

「さ、風呂へ」

肩をポンと叩かれた。

誠実は反射的にその手を掴む。

「どうした？」

「離れたくないな――って」

「誠実」

タオルで拭いはしたが、一度は雨に打たれた。

特に誠実の纏っている衣類は体温を奪うばかり。すぐにでもバスや着替えを必要としているのは、自分でもわかる。

だが、それなら龍彦だって大差ないはずなのに、彼は誠実だけにバスを勧めてくる。

おそらく他にもシャワールームがあるか、隣で済ませる気なのだろうが――。

「いい大人が我が儘《まま》を言っていることはわかってる。けど……今は離れるのが怖い。なんだか夢から覚めそうで……。現実に戻ったら、元の場所で……たった一人になっていそうで。龍くんが……、龍彦が俺の前から消えていそうで」

誠実は感情のままに口走っていた。

すると、龍彦が俯き、誠実の額に額をコツンと当ててきた。

その口元からは、彼の艶を増してみせるばかりの微苦笑が窺える。

「俺もだ。だから、安心しろ」

「え？」

「誠実は今、ここにいる。俺が来いと言って連れてきたんだから、それは確かなんだ。けど、考えるまでもなく、十六年ぶりに再会したお前は打ちひしがれて、こんな俺の腕にさえ縋《すが》りつくような状態だ。俺は、お前の弱みにつけ込んでいる自覚だけはあるから、今になって必死で欲望を抑えてる。ここでいったん離れなかったら、落ち着かなかったら、お前に酷《ひど》い仕打ちをした奴らより、もっと酷い目に遭《あ》わせてしまいそうで……」

ふとした瞬間。龍彦の眼差しは、生まれ持った鋭利さを覗かせる。

しかしその一方で、こうして戸惑い、困り果てた少年のような内面を持っていることを、惜しげもなく見せてくる。

理由は昔も今も変わらない。誠実のためを思ってのことだ。

「それなのに、いっときでも離れたら、お前が消えていなくなりそうで――。んと、参るよな。寝言は寝て言えって状態だ」

「龍彦」

「だから、ごめん。これはお前の、いやお互いのためだ。まずは俺を落ち着かせてく……!?」

誠実は、幼馴染みではなく現在の藤極龍彦についていくと決めた瞬間から、彼に何もかも捧げて、生涯尽くすことを即決していた。

また、唇を合わせたときには、この先に何が起ころうとも、喜んで受け入れる自分も予感した。

彼を特別な存在と意識し、邪恋を自覚したときから、望んでは諦め、諦めてはまた望むを繰り返してきた。

しかし、それは龍彦だって似たような状況だったのではないだろうか?

彼の「ごめん」は、そうとしか聞こえない。

（こんなときに理性が邪魔をするって、なんて殺生《せっしょう》な）

自制が龍彦の思いやりであり、誠実への愛情であることは充分伝わった。

ただ、だからこそ誠実は今一度彼に抱きついていった。

（俺は、龍彦のことが好きで好きでたまらないのに）

これだけはわかってほしくて、少し背伸びもする。

まるで、この瞬間の誠実自身を表すように――。

「俺のこと今も好きだって言ったよな？　それで来いって言って、キスもしたんだよな？」

「ああ」

冷えた衣類越しに、互いの鼓動を感じるのは、錯覚《さっかく》だろうか？

「そうしたら、それって昔から好きだったって、思っていいんだよな？　ブランクはあっても、今もあのときの気持ちを持っていて、それがもっと強くなっているって……」

「――ああ」

こうして問いかけ、答える間にも、次第に激しくなっていく。

「俺も……。俺もずっと、龍彦のことが好きだったんだ」

思えば、先ほどは言えなかった。

唇を塞がれていたとはいえ、きちんと言葉では返せていなかった。

今、龍彦を躊躇わせている要因には、それもあったのかもしれない。

誠実は、抱きついていた腕の片方から力を抜くと、そっと龍彦の唇に指を這《は》わせた。

知的で美しいだけでなく、ほのかに妖艶《ようえん》ささえ感じさせる笑みが浮かぶ。

「やっと、触れられた。何度想像したかわからない。この唇――」

すると、躊躇いがちにではあるが、龍彦の両腕が誠実の背に回った。

しかしそれは、愛による抱擁《ほうよう》ではなく、背伸びをし続ける誠実の身体を支えるためのものだ。

それがかえって誠実の感情を荒立てる。

「なのに、我慢なんかするなよ。俺のためって、なんなんだよ」

「誠実」

「俺は、地獄でも極楽でもない。お前の、藤極龍彦の腕の中だから、こうしてついて来たんだ。キスだって、返したんだ」

過度な思いやりは、時として逆効果だ。

ましてや誠実のように、もう片時も離れたくない、これからの運命がどうなっても側にいると決めた者にとっては、ただの拷問《ごうもん》だ。

「俺、ここへ来てよかったんだよな？　それとも、何か勘違いしてるか？　龍彦の来いって、好きって、俺の好きとは違ったのか？　だったらこの場で言ってくれ。そんなつもりで言ったわけじゃないって、今すぐに！」

誠実は声を荒らげると同時に、龍彦の肩へ回した両腕を解こうとした。

だが、それは支えから抱擁に変わった龍彦の両腕に阻《はば》まれる。

「お前こそ。そこまで言って、こんなつもりじゃなかったって言わないか？　泣かないか？」

「言わないし、泣かないよ」

——そうか。

耳元でそう呟くと、龍彦は改めて抱き締めてきた。

しかし、その後すぐに抱擁を解くと、自身の衣類に手をかけ、スーツの上着ごとシャツを脱ぎ落とす。

「——なら、これを見ても同じことが言えるか？」

洗面台の鏡に流された龍彦の視線を追うと、そこには二匹の龍が映っていた。

（刺青《いれずみ》！）

龍彦の背に彫られたそれは、宝珠《ほうじゅ》を握る黒龍と白龍で描かれた太陰太極図《たいいんたいきょくず》。自身の持つ陰《いん》と陽《よう》を示しているのか、まるで水墨画のように美しく、気高く、力強い龍神たちだ。

だが、誠実が知る昔の龍彦にはなかったものだ。

（だから今になって……）

離れて、それぞれの道を進むうちに、何かが彼を決断させたのだろう。「地獄」と称した世界で生き抜くため、また誠実がいたこの世に、二度と戻れなくするために。

龍彦はどこの誰より自身の背中が、誠実を脅かすことを知っていた。

また、この背中が、衝動からついてきてしまったかもしれない誠実が、龍彦という遠い昔の初恋の相手を受け入れてしまったことがどういうことなのか、気付くきっかけになることも――。

「俺を好きだって、愛してるって、そう言って改めて俺の腕の中に堕《お》ちてこられるのか」

落ち着ける時間が欲しかったのは、剝き出しになりそうな欲情のためではないだろう。

おそらく、改めて誠実の意志の確認を取るにしても、その前に昔話でもしたかった。少しでも懐かしい時間を過ごしたかった、そのためかもしれないが、本当のところはわからない。

誠実がわかっているのは、自身の感情。そして、今さら揺るぐことのない覚悟だけだ。

「もちろんだよ。だって、龍彦は藤極組の四代目なんだろう。ちゃんと、そう言って俺を口説《くど》いたじゃないか」

一度は不安で震えた心が、高揚で震える。

「――誠実」

「好きだよ、龍彦。愛してる」

そう言って微笑むと、誠実も自ら濡れた衣類に手をかけ、すっかり重くなった上着とシャツを、足下へ落とした。

「俺は、もうこの世に未練はない。死ぬまで龍彦と一緒にいるし、死んでも一緒に地獄へ行く」

あれから伸びた身長に合わせて、誠実の体格もよくなった。

だが、いっそう硬質で逞しさが増した龍彦を前にすると、華奢《きやしや》としか思えない。

同性としては、恥ずかしくなる。

「そうか。なら、どこまでも連れて行くぞ」

「――ん」

しかし、そんな些細な羞恥心《しゅうちしん》さえ、肉体の奥から湧き起こる欲情に敵《かな》わなかった。

誠実は龍彦に誘われるまま唇を重ね合わせると、すべてを委ねるように瞼《まぶた》を閉じた。


そのままベッドに移動するには、身体が冷えすぎていた。

誠実は龍彦に手を引かれるまま、温かなシャワーと同時に熱い愛撫《あいぶ》を受けることになった。

背を預けるタイルまでもが、すでに温かい。

降り注ぐシャワーの音が、途切れ途切れに漏れる喘《あえ》ぎ声の反響を和《やわ》らげているのか、荒らげているのかは、まるで判断がつかない。

「……っん……っ」

誠実は無意識のうちに、幾度か喘ぎ声を呑み込んだ。

欲情のまま抱き合いキスをするも、いざ龍彦の手が全身を弄《まさぐ》り、唇が胸まで下りてくると、膝から力が抜けてきた。

初めて味わう快感に、両の脚がガクガクする。どうにか踏ん張ろうとすると、息を呑んでしまうのだ。

「――声、我慢しなくていいぞ。俺以外には聞こえない」

まともに聞いたら鼓膜から溶けそうとさえ思う声が、シャワーの音に紛れてくれるのは有り難い。

そしてそれは、聞くには耐えないほど甘えたようにしか聞こえない自分の声色にも、言えることだ。

「我慢はしてない……。ただ、こういう反応になるだけ……」

こんな自分を龍彦がどう見て、どう感じているのか？

そう考えるだけで、すでに龍彦の手に落ちた誠実自身は、グンと頭を持ち上げた。

握り込まれたときには、すでに反応し始めていただけに、二度三度擦《こす》られたところで爆発しなかったのは、意図せず気を紛らせてくれるシャワーのおかげかもしれない。

しかし、それもこれまでだ。

「――ならいいが」

フッと笑った龍彦が膝を折る。

握り締めていた誠実自身を離す間もなく、その口に含む。

「あ……っ！　ちょっ、それは――、っん」

躊躇いもなく、根元から恥毛ごと押さえるように手を添え、飲み込むように吸い上げてくる。

もっとも感じる部分だけがシャワーも浴びずに、龍彦の口内で愛されていく。

舌を絡め、舐め上げられると、さすがに膝が崩れてそのましゃがみそうになる。

だが、それは龍彦が腰を抱えて止めた。誠実の下肢には、ほとんど力が入っていない状態であるにもかかわらず、驚くほどの安定感だ。

「あり……だよ。これでもそうとう……我慢してる」

「でも……っ、龍……っ」

せめて体重をかけすぎないよう、背中と両掌で壁に突っ張る。

しかし、これは胸と腹を反らせた形になってしまい、変な姿勢だ。降り注ぐシャワーが突起した乳首に当たり、思いがけない刺激を受ける。

些細な快感さえ、敏感に拾ってしまうらしい。

だが、そんな誠実の状況など、龍彦はお構いなしだ。

「――感情だけなら、とっくにぶち込んでる。けど……、こんな綺麗な身体を見せられたら……無理だろう」

誠実自身を舐《ねぶ》りながら、悪びれた様子もない。

むしろ、嬉しそうなその声が鼓膜をも弄《いじ》るようで、誠実の頬がいっそう紅潮した。

もう逆上《のぼ》せて倒れそうだ。

こんなことなら、せめてベッドで。もしくは、あのまま脱衣所の床でもいいと言うべきだった。

「大事にしなきゃ……って気持ちが半分。存分に……なめ回して……堪能しなきゃもったいない、が……半分ってとこだな」

「――だからって……っ。さすがにそれは――っ、ぁ……んっ」

一際強く吸われると同時に軽く噛まれて、誠実は堪えきれずに上り詰めた。

(ん――っ、あっ……っ)

身体中を巡《めぐ》るように溜まっていた快感が一気に放出される。

自身から抜かれていく心地よさは、これまでには覚えがないものだ。

興奮の中で、誠実の身体からは完全に力が抜けてしまった。

「ん……ぐっ」

しかし、それを受け止め、音を立てて飲み込まれると、さすがに冷水を浴びたかのようにハッとする。

「ごめんっ」

咄嗟に身体に力を入れようとするが入らない。

それどころか、シャワーを止めながらその場に尻をついた龍彦に導かれ、誠実は彼の両腿を跨《また》ぐ形で腰を落とした。

熱く憤る龍彦自身を陰部で感じて、尚も興奮が冷めやらない。

たった今、いったばかりのはずなのに――。

「いや、よかったよ。お前が俺でもいけて、ホッとした」

「龍彦」

「ときとして、感情と肉体は別のものだろう。ましてや本能となったら――」

一度は力尽きた誠実に気遣っているのか、龍彦が再びキスをしてきた。

体勢を崩す心配はなくなったものの、今度は両手の持って行き場を探して、ようやく彼の肩に落ち着かせた。

そうして、いっそう深く口づける。

「なんか……そのたとえは、逆だと思うんだけど」

「――そうか？　いや、それもそうか……っ」

幾度も角度を変え、相手の唇を啄《ついば》み、そうして舌と舌を絡め合う。

シャワーが止まったためか、互いの唾液さえ絡め合うような濃厚なキスから、くちゅりと淫靡《いんび》な音が漏れ聞こえる。

それに煽《あお》られているのか、その都度に龍彦自身がビクンと震えて、誠実の陰部はおろか、下腹部まで突《つ》いてきた。

「な……、龍彦」

誠実は、スッと唇を離すと、龍彦の耳にそれを寄せる。

「ん？」

「だったら、龍彦も俺でいきなよ。早く……俺を安心させて」

こんなことなら強引に進めてくれればいいのに――。

そう思いながら、誘い言葉を並べる。

「俺は、もう……恥ずかしいくらい、昔から龍彦のことを意識してきた。トイレで襲われたのって、きっと……お金目当てじゃなかったんだなって理解したときには、同性でもできるって……知ってたし」

すると、労《いたわ》るように背から腰にかけてを撫でていた龍彦の両手が、誠実の臀部《でんぶ》で止まった。

跨ぐ形で座っている誠実に、脚は閉じられない。それは承知だろう龍彦の指が、臀裂を辿った。

反射的に硬く締まった窄《すぼ》みを突かれ、「ひっ」と声が上がりそうになる。

「誠実は知ったときって、ショックじゃなかったか？」

「まあ……、それなりに」

素知らぬ顔で話を続ける龍彦だが、指の先では捕らえた窄みを弄り始める。

「俺は、パソコンごと机をぶん投げて、母親に締められた」

「え……、んっ」

指の腹で幾度か円を描くと、静かに先端を入れてきた。

誠実の返事に喘ぎ声が混じる。が、どうしようもない。

「なんていうか……。ニュースで似たような事件を知って、あれって思って、検索かけたんだよ。

そしたら――、あの野郎、誠実にこんなことしようと思ってたのかってわかった瞬間、カッとなって、ふざけんなって」

「――あっ」

龍彦の肩に回した誠実の両腕に、自然と力が入った。

「……で、ボコられながらも、経緯を説明したら、母親には許してもらえたんだけど――。間違っても……、お前がその犯人になるなよって言われて――。かえって意識して、それからが生き地獄だった」

もはや返答は必要としない龍彦は、話を続けるも、固く締まった窄みの奥をほぐすのに夢中だ。

最初は指の先だけでしていた抽挿《ちゆうそう》だが、徐々にそれを深めていく。

「だから……。例の中学の先輩からの呼び出しのときも、勝手にお前が犯されるって妄想して、やばかったたな」

初めて中を探られ、自身の肉壁で進入を感じるたびに、誠実は「あ……っ」「うっ」と声を漏らした。

ゆっくりとした抽挿を繰り返す中で、何往復かに一度、グッと強く押し入られるときの関節の擦れが、奇妙な感覚なのにそれがいいと感じ始める。

「しかも、暴走しきった俺を、お前が……、嬉しそうに許すもんだから。それ以降は、さらに一喜一憂だ。もしかして、お前も俺のこと……って浮かれたり。いや、そう見えるだけで、誠実にとっては友情でしかないんだろうな――って、へこんだり」

次第に速まる抽挿に、誠実の腰つきが妖《あや》しく蠢《うご》く。

そしてそれは誠実自身にも伝わり、擦れ合う龍彦をも刺激する。

「今考えても、阿呆だぞ。あの年のガキだから許されるんであって、今なら自分で刺し違えてでも、いい加減にしろって感じだな」

（も……、無理っ）

今より強い刺激が欲しくなる。

誠実は思わず聞いてしまった。

「そうやって、俺を焦らしてる？」

「いや、慣らしてるだけだ」

答えと同時に、入れた指で一際強く突き上げられた。

「ひっ！」

驚きとも快感とも取れる悲鳴が上がる。

しかし、龍彦は付いた勢いのまま指を抜くと、誠実の身体を床へ下ろしながら横たえた。

「ごめん」と呟きながら、覆い被さる。

「言っただろう。この先は、大事にしたい半分、堪能したい半分だって。けど、入れたら我慢できそうにないから——。お前が我慢しろよ」

すでに充分な勃起をしている自身を手に、さんざん弄った窄みを探り込む。

「――、っ！」

そこに亀頭が触れてきたと感じたときには、一気に中ほどまで突かれた気がした。

そのままの勢いで、尚も奥まで進まれる。

「痛っ――!!　っ、嘘……っ！」

「だから、我慢しろって……言っただろう」

初めに挿入された指は大丈夫だと思えた。

だんだん快感が生まれて、こんなところが感じるんだと、さらなる強い刺激も欲しくなった。

だが、龍彦自身が、全身が与えてくる刺激は、もはや刺激ではなく激痛だ。指でされた抽挿とは、まるで比較にならない。

「腹に響くか？　でも、もう――やめられねぇから」

龍彦のほうは慣れもあるのか、一度弾みがつくと、激しさが増す。

腰を打ちつけられるたびに、誠実は今にも上がりそうな悲鳴を噛み殺した。

（痛い……っ。さすがに、これは……痛い……っ）

しかも、力任せに開かれた股関節の痛みも交わり、誠実が龍彦の身体に四肢を絡めたのは、もはや苦し紛れから出た体勢だ。

しかし、これが龍彦の興奮をさらに煽る。

「お前が……、自分でいけなんて言うから――。とまらねぇから」

全身全霊で求められる悦《よろこ》びから、龍彦も誠実を抱き締めてきた。

これ以上ないほど奥まで深く入り込んだところで、尚もガクガクと揺さぶられる。

(——あっ、龍彦ので……。いっ……ぱい……)

ただ、そんな痛みや姿勢に少しでも慣れてくると、誠実は心で悦びを感じ始めた。

身も心もすべてが熱くて、それが至福に思えて、いつしか涙が溢れる。

(……俺の中に、龍彦がいる)

ずっとこれ以上、欲しいものなどなかった。

初めての恋に気付いたときから、求め続けていたのは龍彦しかいない。

それを得た証がこの痛みならば、いくらでも、何度でも堪えられる。

「誠実……っ。誠実」

「好き。俺は、龍彦が好きだから……っ」

誠実は、四肢に残る力をすべて振り絞り、龍彦をきつく抱き締めた。

「ぁぁ——っ」

そうして、これまで以上に熱いほとばしりを、身体の奥で受け止めた。

4

翌日――。

誠実は龍彦の腕の中で眠りから覚めた。

静かに瞼を開くと、ブラインドの隙間から差し込む薄明かりで、龍彦の横顔がはっきりと見える。出会い頭に見た、ざっくりとかき上げられた黒髪からこめかみにかかる後れ毛も艶やかだったが、こうして寝乱れているのも、また魅力的だ。

ただ、誠実は胸がときめくのと同時に、これまでに感じたことのない鈍痛を身体の節々で感じていた。

何もかもが誠実にとっては、初めてのことだ。

(――龍彦)

昨夜は浴室で欲情の限りを尽くしたのち、龍彦に抱かれてベッドまで運ばれた。

その後も互いを求める欲望の炎は、大きくなることはあっても、小さくなることがなく。数えきれないほどのキスをし、互いに抱き合い、尚も貪欲に求め合った。

そうして幾度かの絶頂感を分かち合ったのちに、いつしか深い眠りへ落ちた。

これら一連の出来事が、目覚めた誠実にたとえようのない幸福感をもたらしている。

すでに、ここは別世界。龍彦の言う「地獄」であり、誠実にとっては「極楽」だ。

まったく同じように見えても、誠実が昨日まで住んでいた社会とは違うはずなのに——。

しかし、だからこそ誠実は改めて思った。

社会での居場所や親族を初めとする人間関係。龍彦と一緒に生きていくには、これらを捨てる必要があったのだろう。昔も今も——と。

しかし、そうすることとは、どこの誰より龍彦自身が望んでいなかった。

だから誠実は、あの時別離を受け入れた。昨日という日まで、精一杯頑張って生きてきた。

龍彦が望み、信じてきただろう佐々木誠実の姿を曲げることなく、ただただ真面目に——。

だが、それにもかかわらず、誠実の人生は、心ない人間たちにねじ曲げられた。

昨夜の龍彦との再会がなければ、今頃どうなっていたのか、想像もつかないほどだ。

もしもこの世に神がいるなら、少しは哀れみを向けるだろうか？

それとも地獄の閻魔が、それみたことかと呆れて、嘲笑《あざわら》うのだろうか？

願わくば、そのいずれでもなく、父親の引き合わせであればいい——と思う。

何せ父親は、誠実の年の倍以上は真面目に生きてきて、これという愚痴《ぐち》もこぼさずに命を全うした。

それが最後の最後になって、この仕打ちだ。静かに眠らせてもくれないこの世に、さすがに腹立ち、見切りをつけていたとしても不思議はない。

それで誠実に龍彦を導いて——などと考えるほうが大分救われる。

たとえここが地獄であっても、地上にいる以上の夢や希望がありそうで——。

（龍彦とこうなったことに、罪悪感や嫌悪感、後悔といった負の感情は不思議なくらいない。他の誰かを好きになったり、欲しいと感じたことがないから、生まれつきの性的嗜好がどうなのか、よくわからないけど——。でも、セックスするのはいやじゃなかったし、むしろ好きかも。片思いが拗《こじ》れまくっていて、リミッターが崩壊しているのかもしれないけど——。でも、それにしても股関節が痛い。参った）

とはいえ、無視できない現実に苛《さいな》まれて、誠実はいったん龍彦の寝顔から目を逸らす。

ベッドの中で軽く脚の付け根部分に触れると、全裸でともにいることへのときめきよりも、そこから全身に広がる鈍痛に意識を持っていかれてしまう。

（かなり無茶をした気がする結合部より痛いって、俺の身体はどれだけ硬いんだ？　デスクワークばかりで運動をしていなかったのが、この結果だってよくわかる。本当に、困った。この痛みって、ようは運動のあとにくる筋肉痛とか、マッサージでいうならもみ返しみたいなものなんだろうけど……）

今後に備えてストレッチやヨガでもするか——という考えは、あまりにも恥ずかしく思えた。

だが、龍彦とは十六年ぶりの再会だ。

当然他の者たちとは初対面だ。

空いた時間にストレッチを始めたところで、「日課なんだ。一応、健康を意識して」と言っても、「そうなんだ」で納得してくれる気がした。

むしろ龍彦なら、「さすがは誠実。真面目さは今も健在だな」と、笑い飛ばしてくれるかもしれないし。なんなら一緒にやってくれる可能性だってゼロではない——と。

(よし！　思い立ったが吉日だ。今夜からでもストレッチを始めよう)

問題解決の目処《めど》がついたところで、誠実は今一度視線を龍彦に戻した。

「後悔してるのか？」

「え？」

「いや、なんか考え込んでるふうだから」

どうやら眉間に皺《しわ》を寄せて、目を逸らしたのがいけなかったらしい。

誠実は慌てて誤解を解いた。

だが、仕方なく本当のことを告げると、「プッ」と噴き出される。

「ちょっ！　笑わなくてもいいだろう。元はと言えば、龍彦が俺の脚を広げるから……」

「いや……くくっ。それは確かに俺が悪い。間違いなく俺が悪い。けど、だからって……くくく」

一瞬でも不安になった龍彦からすれば、安心を超えて笑いになってしまったのだろうが、それにしても失礼だ。

誠実は「ふんっ」と身体ごと背けて、枕代わりになっていた龍彦の腕も退けた。

「いいよ、別に。どうせ全部俺が悪いよ」

「そう言うなって。俺もストレッチに付き合うから」

ご機嫌を取りに、誠実の背後から筋肉質な両腕が回る。

その語尾は笑い混じりで、とても楽しそうだ。

「もっと恥ずかしいって」

「なら、毎晩ベッドで徐々に開脚を慣らしていくってどうだ？　もちろん、ストレッチ後はマッサージもサービスするぞ」

「——龍彦っ」

首筋にキスをされたかと思うと、龍彦の利き腕が誠実の腕を辿り、そのまま下腹部から股関節を撫でる。

これだけでも誠実自身が反応してしまいそうなのに、龍彦は太股の付け根を軽く押してくる。

「このあたり、押されると痛気持ちいい感じしないか？」

「……もっ」

癒《い》やされているのか、誘われているのか、とても微妙だ。

両方のような気はするが、ここで誘いに乗るのは癪《しゃく》に障る。

——などと、考えていたときだ。

「誠実……」

龍彦の利き手が、誠実自身を握り込んでくる。が、同時に寝室の扉を叩く音がした。

「くーちょーっ」

（ひっ！）

トントン！　と、勢いはあるのに、どこか心許ないノックに元気で愛らしい呼び声。

誠実たちにはこれが龍海のものだと、すぐに理解ができた。

「嘘だろう。だから中扉の鍵はかけとけよって、いつも言ってるのに」

龍彦が誠実から身を引くそばから、「駄目ですよ、龍海坊ちゃん！」の声とともに、扉から引き剝がされていくのがわかる。

「あーんっ」と抵抗している声が徐々に小さくなっていく。

とはいえ、じゃあ続きを——とはならない。

龍彦はベッドを出ると、クローゼットから洗い置きされていた浴衣《ゆかた》と帯のセットを二組取り出し、そのうちひと組を誠実の足下へ置いた。

自分は慣れた手つきで身に着けると、先に寝室を出ていく。

誠実もそれに倣《なら》い、浴衣を借りて身に着けた。

（し、下着なしだけど、いいのかな？　とりあえず、ここには同性しかいないようだし、大丈夫か。それにしても、ここって玄関は二つあるけど、中扉で行き来できるタイプだったのか）

若干下肢が心許なかったが、それでも着物を身体に巻き付けるようにしっかり着込み、帯もきつめに巻いて締めた。

浴衣など温泉旅館でしか身に着けたことがない。龍彦のような着こなしにはならなかったが、どうにか見られる程度には仕上がっているのを確認すると、あとを追って寝室を出た。

すると、構造的に不自然な箇所についているように見えた、リビングの壁にある扉が開き、隣の部屋へ続いている。二部屋の玄関扉が離れていたので、シンメトリータイプではないだろうと思ったが、どうやらこちらの部屋のリビングと、向こうの個室とが繋《つな》がっていたようだ。

今はこちらのリビングに全員が顔を揃えており、龍海は龍彦に抱っこをされて、ご機嫌だ。肩越しにあとから来た誠実を見つけた途端に、ニコニコ顔で手を振ってくる。寝間着なのか、家着なのか、ニワトリのカバーオール姿が愛らしい。

誠実の顔に自然と笑みが浮かぶ。

しかし、龍彦のほうは若干お怒りだ。

「帳。何でちゃんと見てねぇんだよ」

「いや、それは……。昨夜、龍海坊ちゃんご指名で一緒に寝た不破《ふわ》の兄貴が――。あれだけ龍海坊ちゃんはオムツが濡れたら起きるので、そうしたら俺を呼んでくださいねって言っておいたのに」

起き抜けなのか、ジャージ姿で龍海を追いかけてきた帳の視線の先には、昨夜の黒服の運転手をしていた男――不破がいた。

立ち位置は帳よりも上のポジションらしいが、四十代前半くらいで、オールバックに鋭い眼差しが印象的な、見るからにヤクザだ。

ただ、今朝に限っては、キリンの斑点《はんてん》柄のパジャマ姿。それもクマのポンチョを彷彿とさせる、キリン顔のフード付きに、誠実の目が釘付けになる。

間違いなく、龍海の子守仕様だとは思うが、今にも噴き出しそうな自分を抑えるのに、誠実はかつてないほど必死になってしまう。

「ふ～わっ。ねんね～っ」

しかも不破は、龍海にまで起きなかったことを指摘されて、完全に立場がない。

「うるせぇ！　こういうときは、テメェが代わりに謝っとけよ」

「う……っ。あ～んっっっ」

「あっ！　龍海坊ちゃんっ」

帳に八つ当たりするつもりが、龍海を驚かせてしまったようで、さらに身の置き場がなくなっていく。オロオロする彼のお尻で揺れる、キリンの尾が誠実の笑いにダメ押しをしてくる。

(駄目だ、苦しい！　どうして龍彦は笑わないいんだ？　真顔でいられるんだよ！)

いずれ誠実も身をもって知るだろうが、これが慣れというものだ。

「不破！　龍海の前でドス利かすなって、いつも言ってんだろう。しかも、こんな大事な日に朝から騒ぎを起こしやがって」

そこへさらに、隣の部屋から男が現れる。

浴衣に羽織姿が粋《いき》な六十代後半くらいのロマンスグレー。年のわりには細マッチョで、渋く色気のある男性だ。昔はさぞイケメンだっただろう面立ちは、どこか龍彦に似ている。

(――わ、増えた。けど、なんかこういう人って、昔の任侠《にんきょう》シネマのネット広告で見たことある。なんだっけ？　どういう呼ばれ方をするんだっけ？)

誠実の脳内で、『仁義なき戦い』のメロディが流れ始めた。

「すみません。伯父貴《おじき》」

(――そう、それ！　そんな感じ。主人公の敵になったり、味方になったりするタイプ。ここでは味方なんだろうけど、脇役なのに特別出演で大物俳優さんが演じるポジション的な――)

しかし、誠実が一人でうんうん頷く間も、龍彦は龍海を宥《なだ》めるように、オムツでモコモコしたニワトリのお尻を撫でている。

まるで、どいつもこいつも困ったものだ――と言いたげだが、ポンポンされて喜び揺れる龍海のお尻の可愛さに、すべてが攫われていく。

かと思えば、突然不破が懐《ふところ》から短刀とさらしを取り出した。

「組長、本当に申し訳ございませんでした。私が寝すごしたばかりに……。この落とし前は指で！」

その場に正座をしたかと思うと、床にさらしを敷き、その上に左手をバンと置く。

小指を落とそうとするが、よく見ればそのさらしは布オムツだ。

そして不破はキリンだ。

「うわ、よせ！　朝から物騒なもんはしまえ！　ってか、誠実がビビるだろうが、そんなもんは金輪際出すな！」

「しかし、私の不始末から、組長の一生に一度の新婚初夜明けがこんなことに――」

「だったら先に龍海の尻をどうにかしてこい。でもってうちは指での落とし前は厳禁だ！」

「組長」

「お前にやった杯《さかずき》をぶち壊されたくなければ、意識して五体満足、健康診断優良を貫いとけ。何度も言うが、テメェの命も身体も俺が預かったんだ。勝手に傷つけられちゃ困るんだよ」

「――申し訳ございません」

龍彦は「素人の前で何してくれるんだ」という勢いで彼を制したが、誠実はこれを見ても爆笑を堪えるべく両手で口を押さえるしか術がない。

これが昨夜の黒服を着ていたならば緊張の度合いは別次元だろう。

だが、現状では何をどう見ても、キリンコスプレのおっさんが布オムツを出したりしまったりしているようにしか見えないのだ。

「あーっ、たっちゅんの！」

龍海に布オムツを指差された日には、とどめを刺された気分だ。

（痛い……。痛い……っ。腹がよじれる。股関節と同じくらい痛くなってきたっ）

ましてや比べどころがこれなものだから、誠実は自虐《じぎゃく》まで合わせて、目頭が熱くなってくる。

「龍海もこの程度でビビって泣くんじゃねぇぞ」

「ぷ～っ」

「さ、龍海坊ちゃん。オムツを取り替えに行きましょう」

「不破もさっさと着替えろや」

「はい」

そうこうしている間にも、龍海は帳の腕に抱かれ、揃って隣の部屋へ移動していく。

「まーねー」

「？」

「またね。だそうだ」

「そう」

龍海の喃語《なんご》を訳しつつ、龍彦が誠実の肩をポンと叩く。

「とにかく。まずは飯だな。改めてみんなも紹介するから」

「ああ。でもその前に！」

「ん？」

だが、そんな龍彦の腕を摑むと、誠実は頬を赤らめ、上目遣いでこう言った。

「下着の買い置きがあったら、貸して」

「――!!」

龍彦が耳まで赤くしながら笑い出したことは、言うまでもない。


古いマンションとはいえ、ワンフロアに５ＬＤＫの二世帯が繋がっていたわけだが、やはり普段の生活はもう一方の部屋でしていた。

誠実は、しっかり買い置きの下着を貰って身に着けると、朝食はそちらのリビングの一角にある和室の長座卓で摂ることになった。

床《とこ》の間を奥にし、右側には着流し姿の龍彦に、借りた浴衣に羽織を着た誠実。

その向かい側に着流し姿の伯父貴に、スーツに着替えた不破。

帳もパーカーとジーンズというラフな姿に着替えているが、龍海だけはニワトリのカバーオール姿のままだ。朝食もひととおり食べ終えたからか、席からは離れてミニカーを走らせて遊んでいる。

そうして帳によってお茶が出されたところで、龍彦の仕切りでそれぞれの紹介が始まる。

「組の他の者は追い追い紹介していくが、まずは俺の世話焼きとして同居している三人から改めて。俺の伯父貴で藤極辰郎《たつろう》。とはいっても、親父の従兄《いとこ》なんだけどな」

「よろしくな」

「こちらこそ。突然、こんなことになって、申し訳ありません」

どうりで、どことなく似ていると思った。

誠実は辰郎が血の繋がった親類だと知り、いっそうかしこまって頭を下げる。

今さらだが、こんなことになってしまってよかったのだろうか？　と、不安が起こる。

「いやいや。あんたのことなら、昔っから知ってるよ。こいつがまともな告白もできずに、泣く泣く離れた姿は今でも思い出すと、漢心《おとこごころ》がグッとくるってもんだ。せいぜい仲良くしてやってくれ。離れていた時間の分までな」

「あ……、ありがとうございます」

しかし辰郎は、笑みさえ浮かべて、誠実を受け入れてくれた。

それどころか、昔から知っているとは、何事だろうか？

説明を求める誠実の視線が、横に座る龍彦に向けられる。

「初っ端《しょぱな》から悪いな。伯父貴は俺の親代わりでもあるから、俺たちのことを知りすぎているところがある」

「親の代わり？」

「母親は、こっちに戻ってから二年しか持たなかったんだ。で、それから三年後には、親父もあとを追うように――。さすがに前妻、後妻を亡くして気落ちしていたのもあるが、古傷も影響していたのかもしれない」

「――うむ。俺らが若い頃は、あっちもこっちもドンパチやっていたような旧世紀だからな。と、こんな話は、めでたい席にふさわしくねぇな。次、行け」

誠実が求めた答えとは、若干ズレていたような気はするが――。

いずれにしても龍彦の親族は誠実がこの家に来ることに、なんの疑問も抵抗もないようだ。

誠実からすると、これが一番不思議だが、理解ある親族に恵まれたと思って受け流すことにした。

すると正座で背筋を伸ばした不破から、きっちり礼をされる。

「組長の側近で不破と申します。私も親の代よりこの組にお世話になっておりますので、誠実さんのことは、幼い頃より存じ上げております」

「……幼い頃？」

「まあ。両親は、俺の異母兄の意見もあって、まずは普通の子として育てようって、別居していたらしいんだが。常に見張りというか、護衛はついていたってことだな。俺は組に戻るまで、ずっとこいつは同じマンションの、隣の兄ちゃんだと思ってたけど」

「そう……、だったんだ」

ここまでくると、なるほどな――と、納得し始める。

ようは、世間の偏見を向けられる前から、彼らは龍彦と誠実の関係を知っていた。

特に龍彦に関しては、初恋から別離までの経緯も見ていただけに、当時は一緒になって切ない思いもしたのだろう。

そこへ突然の再会愛となったことで、彼らも当事者ほど盛り上がっているのかもしれない。

また、もしかしたら、そんな過去の出来事を、帳も昨夜のうちに聞いていて――？

「俺は帳と申します。まだ三年目の組一番のぺいぺいなんすが、ここの家事を担当させてもらってます。今は龍海坊ちゃんのメイン子守でもあるんすけど――。そういうことなんで、どうか姐《ねえ》さんはのんびりされて、ご自身のエネルギーは組長とご自身のみにご使用くださいね」

誠実は彼の一言により、龍彦の伴侶イコール藤極組の姐《あね》であることに、たった今気がついた。

「……え」

そう言われると、そうなのかもしれないが、戸惑いの声が漏れるのは抑えられなかった。

「おい。いきなり姐さん呼びはどうなんだ」

さすがにそれは――と、龍彦が口を挟む。

だが、これはあくまでも「まだ早いだろう」「もう少し慣れてからでも」というニュアンスであり、誠実の立ち位置を否定したわけではない。

「いや、でも。ここはお立場を明確にしないと」

（姐……。女じゃなくても、そう呼んでいいものなのか？　それとも役職みたいなものだから、この際性別は無関係？　なんにしても、今後そう呼ばれたら自分のことだっていう認識でいないと、駄目ってことか……）

こうなると、誠実も郷に入っては郷に従うで「姐」と呼ばれることを受け入れる。

と、そんなときだった。

「く〜ちょ〜」

ミニカーで遊んでいたはずの龍海が、いつの間にか遊び道具を変えて、こちらへ寄ってきた。

「わっ！　龍海坊ちゃん。だからそれは絵本じゃないですよって、何度も言ってるじゃないっすか」

「わんわん」

慌てて帳が席を立ち、本のようなものを取り上げにいく。

「可愛いのは表紙だけですから」

「や〜っ」

「え〜。どうしてこれが好きなんすか。今ちゃんとした絵本を持ってきますから、取り替えっこしましょうね」

しかし、頑《がん》として抱え込む龍海から、帳はそれを無理矢理取り上げることはしなかった。

むしろ、潔く代わりを取りに、いったん和室からリビングに向かう。

「く〜ちょ〜」

龍海は「勝った！　見て見て」とばかりに、龍彦と誠実のほうにそれを持ってくる。

（あ、家計簿か。確かに表紙が可愛いから……）

側まで来ると、それが何であるか、はっきりとわかった。

これは帳も慌てるわけだ。

ただ、当の龍海はそうとう気に入っているのか、龍彦が取ろうとしても抱え込んで放さないでいる。

「――で、こいつが異母兄夫婦の忘れ形見で、甥っ子の龍海。じきに一歳三ヶ月だ。ほら、誠実に挨拶《あいさつ》をしろ」

「こんわっ」

頭を下げると相手の顔が見えなくなるからだろうか？

龍海は家計簿を抱えたまま、ふんっ！　と、屈伸をしてみせた。仕草の一つ一つが愛らしい。

しかも、甥だけあって、龍彦の小さい頃によく似ている。

これだけで贔屓目《ひいきめ》も加わり、誠実にとっては世界で一番可愛い幼児だ。

「こんにちは。誠実です。龍海くん、これからよろしくね」

「抱っこ～っ」

（うわっ。人懐こくて、助かる）

ふふふっと笑顔で、甘えてきた龍海を膝の上で抱えて、ぎゅっと抱き締めてしまう。

（可愛い――。でも、忘れ形見ってことは）

龍海が可愛いと思えば思うだけ、誠実の心に影が差す。

「龍彦。龍海くんのご両親って、まだお若いよね？」

「そうだな。異母兄は俺より八つ上だ。龍海が六ヶ月くらいのときに、たまには二人で買い物に――なんて言って。笑って出かけた先で、交通事故に遭って」

「……そう。ごめん。いらないこと聞いて」

「いや。紹介してたら、普通に出てくることだから」

すでに龍彦たちは乗り越えた現実なのだろうが、誠実からすれば胸の痛い話だ。

「こ～れっ」

「あ、うん。わんわんいるね～」

しかし、誠実に一生懸命家計簿の表紙を見せてくる龍海は、周りの愛情を一身に受けて育っているのがわかる。

誠実自身も父子家庭で育ち、ときおり寂しい思いはしたが、ときおりだ。やはり周りに恵まれ、龍彦という友人やその母親との交流もあったことで、自然と乗りきれていたと思う。

そう考えれば、できることは、自ずと見えてくる。

(よし！　俺も今日から育児参加だ。まったく知識がないから、オムツ替えから練習がいりそうだけど。でも、人見知りはされていないから、このままうんと仲良くなっていけば――)

と、ここへ絵本を持った帳が戻ってきた。

「え!?　龍海坊ちゃん。姐さんにはほぼ初対面で抱っこなんすか!?　俺なんかご指名されるまでに、一週間もかかったのに」

驚きの中に、ほんの少しだが嫉妬が窺える。

それを理解しているのか、龍海が「えへへ〜っ」とさらに誠実に甘えてみせる。

「俺なんぞ半月だ」

「私は一ヶ月はかかりました」

「おめぇは元の顔が怖い上に、無愛想すぎるんだよ」

「伯父貴、酷いです。だから俺だって、いろいろ努力してるのに」

自分からも誠実にすり寄る龍海の姿が衝撃的だったのか、帳どころか辰郎や不破までもが羨ましげにぼやき始めた。

誠実から見れば、すでに龍海の思うがままだ。大の漢たちがメロメロだ。

(うん。不破さんのキリンは、ものすごい努力だと思う。この分だと、他にもありそうだし)

「わんわん」

それでも家計簿を手に、尚も頬をすり寄せられると、「うんうん。可愛いね〜」と、自然に答えてしまう。もはや条件反射だ。

「あ、龍海坊ちゃん。わんわんの絵本を持ってきましたから、それは帳に返しましょうね!」

「や〜」

ハッと気付いて、本当の絵本を出してきた帳がいなければ、危うく他人様《ひとさま》の家計内情を見てしまうところだった。

「わんわん、み〜て〜っ」

しかし、龍海はよほど誠実に見せたかったのか、その場でガバッと家計簿を開いた。

(——‼)

否応なしに、中身が誠実の視界に飛び込んでくる。

瞬間、誠実の両の瞼がガッと開く。

「あ〜れ〜っ」

ただ、ここでようやく納得をしたのか、龍海は「わんわん、ない!」と唇を尖らせた。

誠実に開いた家計簿を預けて、ぷーぷーし始める。

「だから言ったでしょう。すみません、姐さん。こちらの絵本と……」

「赤ペン」

しかし、帳が絵本との交換を申し出るも、誠実の視線は家計簿に釘づけだった。

「え?」

「絵本だけでなく、赤ペンもお願いします」

それどころか、他人様の——と躊躇い続けた家計簿をパラパラ捲《めく》り始めて、筆記具まで要求する。

何やら目も据わっている。

「赤ペンって、競馬場で買ったのでもいいかい?」

とりあえず、辰郎が懐に忍ばせていた赤インクのボールペンを取り出した。

当然、この流れは、龍彦も理解ができない。不破たちと顔を見合わせ、首を傾げまくりだ。

「はい。ありがとうございます。では、お借りいたします。あ、龍海くんは龍彦のお膝で、わんわんの絵本を見ていてくれるかな？」

ただ、誠実は赤ペンを受け取ると、極上の笑みを浮かべて、龍海を自分の膝から立たせた。

「は～いっ」

龍海もにっこり笑って、移動し「よいしょ」。龍彦の膝を座椅子《ざいす》代わりに、犬の絵本を抱え込む。

だが、そんな幼児の円《つぶ》らな瞳さえ、今は突然家計簿を捲り、何やら赤ペンで書き込みを始めた誠実に釘づけだ。

これまで、周りの誰にも感じたことのない、特殊なオーラのようなものが漲《みなぎ》っているからだろう。

思わず帳や不破、辰郎や龍彦までもが、誠実の様子に見入ってしまう。

そして、数分の沈黙ののち――、

「帳くんだっけ」

「は、はい！」

突然名指しで呼ばれて、帳の全身がビクンとした。

「申し訳ないけど、隣に座ってもらっていいかな。この家計簿、計算違いしているところが何カ所もあるから」

「え!?　計算違いっすか」

温《ぬる》くなったお茶を退けると、誠実が長座卓に家計簿を開く。

帳は恐縮しつつも、間違っても身体が触れない距離を保って、隣へ正座をした。

「ほら。ここと、ここと、ここと——毎月何カ所か。帳くんは単体の計算機を使ってるの？　それともスマートフォンのアプリみたいなタイプ？」

帳が座ると、誠実は赤でチェックを入れたところを、ペン先で突いて示していった。

思わずその隣からは龍彦と龍海が、そして向かいからは辰郎と不破が一緒になって覗き込む。

「……いえ、暗算っす。週末は屋台なんかもやるんで、釣り銭の練習も兼ねて……」

「それはすごいね。確かにそういうことは、日頃からやっているのが一番身につくものね」

「本当っすか！　ありがとうございます」

「ちなみに。失礼だけど、年は十九か、八くらい？」

「最近十九になったばかりです」

「そうしたら、さくらんぼ計算導入後の世代か——」

「さくらんぼの導入？」

誠実の話の矛先《ほこさき》がさっぱりわからない。

今のところ帳たちが理解できているのは、つけられていた家計簿が誤算だらけだったこと。

そして、それを誠実が一瞬にして気づいて、ものの数分後には、帳が尋問されていることだけだ。

「そう。帳くんの学年のあたりから、繰り上がり足し算のときに、まずは十を作って——みたいな計算式で教え始めてるんだ。これが通称〝さくらんぼ計算〟って呼ばれてるんだけどね。けど、このやり方は桁数が増えてくるとややこしくなる上に、式を書くのに手間がかかって、人によってはかえって間違えやすいんだ。しかも、この感覚で引き算をやってしまうと、さらに勘違いを引き起こして、こうした間違いも生みやすくて――。こういうことになる」

しかし、そう言って誠実が家計簿のページを捲り始めると、今年の一月から今月に入ったところまでの誤算箇所がチェックされた上で、毎月の正しい残高が記されていた。

時には多く、時には少なく間違えているため、あえて繰り越しには手を付けずに、その月ごとに差額が書き出されて、最終的に今日までの差額合計が出されて、書き込まれている。

それもかなり遠慮がちにだ。

「――へっ!! ものの数分で、これだけチェックしたんすか? しかも、計算まで……。姐さん、天才! もしかしたら頭の中はコンピューターっすか⁉ というか、チェックも赤字も端っこに小さく……。姐さん、お優しい……」

これがテストなら、見開き一面が×と再計算された数字で真っ赤になっていそうだが、そうでない配慮に気づいて帳は感動していた。

逆を言えば、誠実自身もそうした気遣いを優しさと解釈してくれる帳に、満面の笑みだ。

照れくさそうにクスッと声を漏らす。

「ただの慣れだよ。でも、本当に回りくどい教え方だよね。これならそろばんの授業を入れて、必修で三級程度まで取らせるほうが、将来的に役に立つと思うんだけど――」

「そろばん……？」

「え？　もしかして、そろばんを知らない？」

とはいえ話が進むうちに、誠実から笑顔が消えた。

さすがに龍彦たちも驚いている。

一斉に視線が集まり、帳はいっそうオロオロし始める。

「……なんとなく、指輪がどうとかは……」

「それは〝ソロモン〟ね。むしろそっちのほうがマニアックな気はするけど――。でも、書籍や映画、ゲームで見聞きする頻度を考えたら、やっぱりそろばんよりは知名度が高いのかな。電卓さえ、今はスマートフォンのアプリだろうし、時代劇の小道具でしか目にしなかったら、気にもとめないもんね。あ、テレビさえ、そんなには見ない世代か」

「あ、はい」

これぞ通信ジェネレーションギャップだった。

生まれたときにはすでにインターネットがあり、小学校高学年、中学生になる頃には、動画やゲームをスマートフォンで楽しみ始める。それが当たり前の世代だ。

同じ平成生まれであっても、五年、十年の差がものすごく大きい。

誠実は二十歳前の帳を見ながら、しみじみと自分が三十を跨いだことを痛感した。

こうなると、不破や辰郎は、完全に身も心も旧世紀の人間だ。そろばんを知っていただけで、何やら老いを感じてしまう。

だが、この現実を踏まえた上で、誠実は敢えて帳に言った。

「――でも、せっかくだから、そろばんをやってみない？　俺でよければ教えるし、足し引き算程度でも暗算に役に立つよ」

「え？　姐さんが直々に教えてくださるんすか？」

「そう。基礎くらいならすぐに覚えられると思うし」

帳は、おそらく何を教わるのかもわかっていないだろうが、まるで嫌な顔は見せなかった。

それどころか、身を乗り出して龍彦のほうを見ると、

「いっ、いいんすかね？　組長」

「せっかく言ってくれたんだから習っとけ。俺の記憶に間違いがなければ、誠実は小学校低学年のときには、珠算どころか暗算でも段持ちだったはずだし」

「く、黒帯っすか！　では、お言葉に甘えさせていただきます」

どんな黒帯を想像したのか謎だが、帳は笑顔で申し出を受けた。

「たっちゅんも！」

「いいよ。最初は触って遊んでるだけでも、いつの間にか覚えたりするしね」

「はーいっ」

しかも、ここで龍海が名乗りをあげたものだから、緊張気味だった空気が一気に和らいだ。

誠実は安堵した顔を見せると、家計簿に話を戻す。

「それで、帳くん。他にもこの手の帳簿みたいなものはある？　屋台をやっているならつけてるんだよね？　ざっくりしたものかもしれないけど」

「はい。うちでは組長が、屋台班の一人一人を店長というか、個人事業主扱いにしてくれているんで、帳簿も個々にあります。俺自身は、店長になったのが昨年からっすが、そのとき引退した先輩から丸ごと引き継がせていただいたので、必要なものは全部俺が持ってます」

「そう――。なら、その帳簿。確定申告の控えと一緒に、見せてもらっていいかな？　この分だと、他にもミスをしている可能性があるし……。そうしたミスが積もりに積もって、過大申告に繋がったりするから」

「……か、過大申告っすか？」

聞き馴染みがないのか、帳は再び首を傾げていた。

誠実が家計簿を見る限り、帳の間違い方には、単純な計算以外でも一定のミス法則のようなものがあった。

これで仕事の帳簿だけが正しくつけられているとは考えづらい。

それで思いきって切り出したのだ。

「場合によっては過少申告になっているだろうけど。まあ、その場合は俺が帳尻を合わせておくし、絶対に不利益にはならないようにするから」

「そんなことできるんすか？」

「元は税務署にいたからね」

場合によっては、ミスによる脱税を隠蔽《いんぺい》することになりかねないが、家計簿と同じようなミスなら、それはないと思えた。

ならば、払いすぎた税金は一円でも取り戻すまでだ。

俄然《がぜん》、誠実の目が輝き始める。

「え！　税務署⁉　それって、もしかしてマルサとかってやつっすか‼　なんかこう、金持ち連中の脱税を暴いたり、手当たり次第にいろんなもの差し押さえに行ったりするやつ！」

「そんな、すごい部署じゃないよ。窓口で税務相談に応じたり確定申告のチェックをしたり。そういう個人の対応が主な業務だったから」

「あ〜。そうなんっすね。なんか、いつも窓口でキラキラしてる、地元民のアイドル担当者さんみたいな姿が目に浮かぶっすね〜」

「帳くんってば」

とはいえ、ここまで盛り上がったところで、誠実はハッとした。

「――あ。勝手なことを言ってごめん。帳簿の件は、あくまでも龍彦たちが了解してくれたらの話だから。というか、普通は昨日今日来た人間に見せられるものではないよね。本当に、ごめん」

税務署からは転職したとはいえ、ついつい会計魂に火が点いてしまっていた。

どうも、同じ数字の羅列《られつ》でも「円」が付く数字には目が引かれる。

これが貸借対照表やら出納帳《すいとうちょう》なら、心も躍るというものだ。

「いや。謝らなくていいよ。昨夜の姿を見てるからな。打って変わって生き生きとして、楽しそうに見えて、正直ホッとする。というか、家計簿チェックで目が爛々《らんらん》としてる男は初めて見たから、笑いを堪えるのが大変で――」

「……龍彦」

だが、家計簿が出てきてから存在を忘れられていた龍彦は、怒るどころか堪えきれずに笑っていた。

「ってことで、露店の帳簿は各自に任せてるから、帳がよければ見てやってくれ」

「俺はぜひ、お願いしたいっす」

「なら、問題ないな。誠実が大変にならない程度でなら、俺からも頼むよ。この際だから帳にこの手のことをきっちり教えてもらったら、本人のためにも、組のためにもなるからさ」

「本当に？　そう思ってくれる？」

それどころか、帳の仕事帳簿を預けてもらえることになった。

いっそう誠実の目が輝く。

また、誠実が一見して喜んでいるとわかるため、とうとう辰郎や不破もクスクスと笑い始める。

「ああ。実は昔から露店はどんぶり勘定でさ。かといって、会計士を雇うほどのことでもないし――。なんて放っているうちに、今日まできちまったから。なあ、伯父貴」

「そうだな。俺もこまけぇことは苦手だったし。というか、せっかくプロの嫁さんが来てくれたんだ。財布の紐を締めてもらう意味も兼ねて、見てもらえばいいんじゃねぇか。それに、どうもお前に似て、帳たちは客に甘いところがある。女子供にサービスしすぎで、売り上げはどこいった――なんて笑い話も、ちょくちょく聞くしよ」

「違いねぇ」

誰しも得手不得手、好き嫌いはあって当然のことだが、どうやら彼らにとって会計事務は、不得手のジャンルのようだった。

どんぶり勘定とは聞き捨てならないことだが、それを任せてもらえた誠実にとっては、いっそうのやり甲斐を感じるばかりだ。

しかも、それが誠実を心からの笑顔にし、一気に室内が明るくなったことで、誠実に手間をかけさせることになった帳自身もホッとして嬉しそうにしている。

「そんな！　俺たちのサービスなんて、伯父貴ほどじゃないですよ。手伝いと称して来てくださるのは有り難いですが。若い女の子が来ると、手当たり次第にサービスしちゃって――。しかも、ナンパまでしまくるし。俺ら、ことあるごとに、頭下げまくりなんすからね」

「それは社交辞令ってもんだろう。イタリア男を見ろよ。女を前にしたら、スマートに口説くのがマナーってもんだ。なあ～、龍海」

「な～」

「お～。いい子だいい子だ。お前は羽振りのいい漢に育てよ。何かにつけて割り勘なんて、いい男のすることじゃねぇ。だっせぇからよ」

「よ～っ！」

誠実は話を聞きつつ、目に浮かぶようだと思った。

「もう。伯父貴はイタリア男っていうよりは、未だバブル時代から抜け出てない、昭和なヤクザなだけでしょう」

「まあまあ、そう言うなって。これも古き良き時代の名残《なごり》と思えば」

「だから組長は甘いって言われるんですよ。気をつけるべきは、俺らより絶対に辰郎伯父貴の金遣い及び、ナンパのほうなのにっ！」

「にぃ～っ」

また、ちょくちょく入る龍海の合いの手が空気をさらに和らげ、笑顔と幸福感が増していく。

（昔、縁日の夜店でやたらにサービスのいいテキ屋さんがいたけど。きっと辰郎伯父さんは、あんな感じなんだろうな。そういえばタダで貰っちゃったこともあったけど、もしかしたら龍彦と一緒だったからかもしれないな）

誠実は、話の流れから、小学生の頃に龍彦と出かけた縁日を思い起こした。

その一方で、龍彦から、いっさいの関係を断ち切って、培った関係さえもなかったことにしろと切り出された理由、龍彦と自分との立場の違いについて考えてみた。

（でも、実際のところ。こうした俺への判断に対し、組長は甘い、本当に大丈夫なのかと不安に感じる組員が出てきても不思議はない。いくら辰郎伯父さんや不破さんまで昔から俺を知っているとはいえ。そうでない組員は、どこの誰ともわからない奴をって思うだろうし、税務署の囮《おとり》捜査かもしれないと疑われても、仕方がないくらいだ）

すべてを捨ててここへ来たとはいえ、誠実は親子で公務に就いていていた人間だ。

ましてやいっときとはいえ、政治家の事務所にもいた。

たとえそこから転落の人生を歩んだとしても、ちょっとやそっとで心から信用してくれるヤクザはいないだろう。

それなら覚悟を決めて組に尽くすしかない。

誠実にとって極道は、ゼロからどころか、マイナスからの出発なのだから——。

（よし！　とにかく今はできることをしよう。龍彦の連れとしてだけでなく、俺自身がこの新しい世界で信頼してもらえるよう、また役に立てるように頑張ろう）

気持ちも新たに、誠実は広げた家計簿をいったん閉じた。

すぐに昼の時間になってしまうことと、またあまりに自分が着の身着のまま転がり込んでしまったこともあり、帳の帳簿は後日ゆっくりと目を通すことにした。

5

偶然と行きがかりで龍彦のもとへ来てしまっただけに、誠実は翌日の午後には「一度自宅へ戻って、着替えなどを持ってきていいかな？」と話を切り出すつもりだった。

引っ越しに関する手続きは改めてするにしても、誠実は朝から下着を借りなければならないほどの手ぶらっぷりだ。現状、すべてを龍彦からの借り物でまかなっている。

着ていたコートやスーツ類は、そのままクリーニングに出されていた。

下着類はすでに全自動乾燥洗濯機でふんわりと仕上げられているが、それ以外は財布に多少の金銭とカード類が数枚あるだけで、現代のライフワークの生命線とも言えるスマートフォンは、すでに充電が切れている。

ただ、スマートフォンに関しては、日頃から必要最低限の連絡以外は、たまに音楽を聴くか、ゲームをするかでしか使用していなかったため、特に緊急性は感じなかった。

誠実にとって一番重要だったスケジュール管理が、手帳にメモ書きというアナログタイプだったために、雨で濡れてインクが滲《にじ》み、文字が不鮮明になってしまったことのほうが、大事件だったのもある。

それでも、わからなくなったのは、もはや無縁となった俗世の予定だ。

今後は必要のないものだけに、すぐに「まあ、いいか」という気持ちになった。

誠実は改めて、生きる上での基本は衣食住だ。これらが保証されている分には、案外冷静でいられると悟ったのだ。

もっとも、だからこそ衣類――特に下着の替えだけは、すぐにでも確保したかったのだが……。

それでも帳が「これでいいですか？」と、帳簿や確定申告の控えを出してくると、誠実はすぐに見て確認したい欲求を抑えきれなかった。

とりあえず替えの下着は洗濯済みのものが一枚あるし、自宅に戻るのは明日でいいや――と先送りしてしまったのだ。

「じゃあ、ちょっと見せてもらうね」

「今からですか？　お疲れなんじゃ」

「大丈夫。ざっと見るだけだから」

そうして誠実は、朝食や昼食を摂った和室を借りて、帳簿のチェックを始めた。

「組長。姐さんは、根本的に働いてないと、落ち着かないタイプなんすかね」

「元が真面目なだけに、世に言う社畜体質ってやつかもしれねぇな。いきなりサボれと言っても、かえってつらいかもしれねぇ。ここに慣れるまでは、好きにさせといてやってくれ」

「――わかりました。では、当分はそのように見守らせていただきます」

「頼んだぞ」

龍彦からすれば、帳簿に新妻を持って行かれた気もしないではなかったが、まずは誠実の好きにさせることにした。

「そうだ、不破。ちょっといいか」

「はい」

龍彦とて、暇ではなかったので――。


それから二時間後――。

「おい、帳。エアコンが壊れたのか？　なんだか、寒《さみ》ぃぞ」

積年の思いの末に初恋を実らせたことで季節に逆行し、新婚ほやほや、身も心もホカホカになったはずの龍彦が、急に寒気を感じ始めた。

何か変じゃないか？　と、部屋を見回しながら帳に問う。

「そうだ。さっきまで龍彦の新婚ほやほやに当てられて、暑いくらいだったのに。故障ならすぐに修理を手配しろ。これくらい、言われる前に気がつかんと……」

しかも、この肌寒さを感じていたのは、龍彦だけではなかった。

つい先ほどまで、バブリー上等と浮かれていた辰郎はおろか、不破や帳もだ。

唯一、平気な顔をしているのは、常にそこいら中を走り回っている龍海だけで――。

「いえ、その。これればかりは、姐さんご本人に聞いていただかないと……。なんだか、時間を追うごとに不機嫌になられているというか、殺気立っているというか……。ちなみにエアコンは故障してないっす。ちゃんと快適温度に設定されて、動いてるっすよ」

帳は、龍彦と辰郎に責められると、そう言って視線を和室へ向けた。

「え——!?」

リビングの一角にある和室は、二辺を襖《ふすま》で仕切るタイプで、今は全開だ。

当然、作業中の誠実が丸見えなのだが——。

そう言われると、確かにこの目には見えない冷気のようなものが、彼のほうから流れてくるような気がする。

思わず辰郎が龍彦の腕を小突く。

「おい、龍彦。お前の嫁はどうしちまったんだ」

「わからん。あそこにいるのは、もはや俺の知っている若かりし頃の誠実じゃねぇ。かといって、世間から非道な目に遭って、涙ながらにここへ来た昨夜の誠実ともまったくの別人だ。強いて言うなら、さっき赤ペンを要求したときの誠実に一番近い気がするが……。それにしても、殺気立ってて、さっきのレベルは軽く超えてる気がするな」

「うむ」

誠実のことなら一番よく知っているはずの龍彦が、眉間に皺を寄せていた。

こうなると、他の誰かにわかるはずがない。

するとして、半信半疑ながら、不破が一つの仮説を立てた。

「赤ペンに近いってことは、やっぱり帳の帳簿づけが雑すぎて、お腹立ちになってきたんでしょうか？　けど、それにしては、すでに二、三人は殺ってきたような目つきになってますし。さすがにそれはないですよね？」

「俺のせいだとしたら、すみませんっ。けど、組長。朝食がてら聞いた例の横領の件。あれ、本当に、姐さんはやってないんすかね？　あの鬼気迫る表情を見ていると、二、三十億くらいは右から左へ流して、ポッケに入れてるんじゃないかっていう、大物にしか見えないんすけど……」

その上、新たな疑惑までもが浮上しかけるが、さすがにそこは龍彦が否定した。

「いや。本人だって〝証拠として目の前に積み上げられたのは三千万くらいだったと思う〟って言ってただろう。それに、今にして思うと、自分の金だけに、親戚からの仕打ちのほうが酷く感じる。なけなしの預金から出した墓代を、勝手に菩提寺のお布施にするなんて――って、悔し泣き寸前だったしよ」

声や口調は、いつになく自信がなさそうだったが――。

「そうっすか。でも……。正座で背筋を伸ばして赤ペンを持って、パラパラ帳簿を捲って、チェックしている姐さんの姿って――。組長たちが本気ですごんでいるときより、近寄りがたい雰囲気なんすよね～」

「帳くん、いる?」

しかし、ここで本日二度目の指名がかかった。

「は、はい!」

生きた心地がしないとは、このことだった。

帳は咄嗟に龍彦の腕を掴んで、呼び出しに同席させる。

まるで、生活指導室に保護者同伴で入る生徒のようだ。

「そこに座って。あ、龍彦も一緒で助かるよ」

「はい」

「お、おう」

龍彦たちの緊張を余所《よそ》に、誠実は笑顔で帳簿を差し向けた。

「まずはこれを見て。帳くんがつけた分。去年の引き継ぎから先月分までを見せてもらったんだけど、やっぱり随所で計算ミスをしている。今年出している確定申告も過大申告だ。ようは、納税しすぎたってことになるんだけど、わかる?」

口調はとても穏やかで、声色も優しかった。

だが、説明がてら人差し指で帳簿をトントンと叩かれると、それが二人には、なんとも言えない威圧に感じられた。

税務署どころか、経理からさえ呼び出しを食らったことがないので、帳はテレビで見知った国税調査官にでも、追及されているような気分になる。

説明を聞く限りは、税金を多く払いすぎている。決して、不足や脱税を指摘されて、怒られているわけではなさそうなのに――。

「は、はい。いえ、すいません。よくわかりません」

帳はすでに混乱し始めていた。

「なら、龍彦は」

「――え？　いや、過大申告の意味はわかるが、どこでそういう計算になるんだ？　俺も一応目を通しているが、まったくわからねぇんだが」

「それは長年引き継がれてきたらしい、どんぶり勘定のせいだよ。消費税率が合ってない箇所が多すぎる。面倒だったのかもしれないけど、勝手に諸経費の切り上げや切り捨てをして記入したら、どんぶりが巨大化する一方だ。こんなの見る者が見れば適当だって、一目でわかるんだよ」

「……ごめん」

さすがに龍彦は返事をしたが、かえってそれが誠実の逆鱗《げきりん》に触れたらしい。

帳簿を叩く指先に力が入り、トントントン――が強まった。

「あとは――。さっきも言ったように、帳くんの場合はちょっとした計算ミスと、レシート関係を記入するときの書き間違いの積み重ね。というか、これだけきちんとレシートや領収書の類いを保管して、誤魔化すこともなく帳簿をつけてるんだから、自分から余分に納税なんてしたら、もったいないだろう」

おそらく、これは誠実の癖のようなものなのだろうが、軽快なまでにトントントンは続く。

「こう言ったらあれだけど――。税務署なんて、足りない分には文句たらたらで徴収《ちょうしゅう》をかけるけど、多い分には知らん顔だよ。しかも、所得納税が多ければ、それに合わせて住民税や保険料も高くなるし、何から何まで損をしてしまう。それこそ伯父貴さんのナンパ付きサービスなら、相手とノリが合えば喜んで、次回、他のお客さんを連れて来てくれるかもしれない。損して得取れみたいなこともある。けど、所得税や住民税の類いは、黙っていたら何にも返してくれない。なぜなら、支払ってもらうのが当然だし、徴収こそが正義と思っているからね」

トントントン。

トントントン。

「本当、払いすぎたらただの損。下手したら年度末に予算調整うんぬんで、無駄に道路を掘られたり、埋められたりする足しになるだけだ。まあ、これに関しては、仕事が増えて喜ぶ業者があるし、経済的に巡回するってことで、まだマシだけど。でも、中には親会社でがっぽり取って、下請《したう》けには雀《すずめ》の涙程度の支払いしかしないところもあるから。そんな奴らを無駄に太らせるくらいなら、自分の腹を太らせるか、貯金に回したほうがいいだろう。老後に年金以外にも貯えが必要って話はけっこうリアルだし、万が一にも病気で働けなくなったら、帳くん」

だが、ここでトン――と、一際強く帳簿を叩かれた。

「人生詰むよ」

「ひっ‼」

真顔で言われた帳が、思わず龍彦にしがみつきそうになる。

しかし、これくらいでは許してくれないのが、お役所モードに入ったときの誠実だ。

「生命保険の類いも未加入のようだし、どうにもならなくなったら、生活保護の申請《しんせい》をするの？

まあ、警察からヤクザ認定をされていたら、それも受けつけてくれるかどうかは微妙だよ」

トントントン――トンで、指の動きを止めたかと思うと、冷笑を浮かべる。

「まあ、そういうときには、龍彦たちが面倒を見てくれる仕組みなんだろうけどさ」

「も、申し訳ございませんでしたっ！　すぐに保険に入ります！　貯金もします！　組長たちに面倒かけるなんて滅相もない！　そんなことになるくらいなら、自決したほうがマシっすよ！」

帳が土下座せんばかりの勢いで謝罪するも、再び強いトン――‼　を見舞う。

内心「ひっ」と悲鳴が上がる。

「いやいや。さっきの龍彦の話を聞いてなかった？　組員の命は組長預かり。だからこそ五体満足な健康優良児であれって、不破さんも言われていただろう」

笑顔でトンされるのも怖いが、眉間に皺を寄せられてのトンは、もっと怖かった。

美人は怒ると映《は》えると言うが、誠実はただの美人ではない。

もともとがクールビューティーだ。それも知性溢れる、一円のブレも許さない元税務署職員だ。

これに関しては、誠実に横領の濡れ衣《ぎぬ》を着せるような悪徳議員でも、真っ青になるだろう鬼畜っぷりを見せつける。

「重ね重ね失礼しました。今から健康管理にも気をつけて、ゆくゆくは俺こそが組長や姐さんの手足になれるように頑張りますっ‼」

帳は完全に誠実の威圧に負けて、ペコペコと頭を下げまくった。

すると、誠実が両掌を合わせて、トントンしていた指をいったん引っ込めて微笑む。

「ありがとう。わかってもらえて嬉しいよ。なら、お肉ばかり食べずに、お魚も食べて、野菜は毎日に摂るように。あと、ラジオ体操やゆるマラソンを取り入れるのもいいかな。税金は納めすぎても知らん顔をされるけど、国民健康保険料に関しては、自治体によっては国民健康保険健康優良家庭制度みたいなのもある。これって、一定期間保険を未使用だと、表彰してくれたり謝礼品をくれたりするんだけど、中には五千円分のお食事券贈呈《ぞうてい》なんて自治体もあるんだ。食費にも回せてお得だからね」

絵に描いたような飴《あめ》と鞭《むち》だ。

これには帳も頬を赤らめるが、油断はできない。

「はい！　何から何までご教示ありがとうございます！」

すこぶるいい子な返事をして、お小言は終了した。

ものの十分で帳は青くなったり赤くなったりで、胸をドキドキさせている。

それを目の当たりにした龍彦など、ゴクリと固唾《かたず》を呑むも、最後はお小言が終了した安堵からかホッとした。

だが、合わせた掌が解かれると、再び――トン。

一瞬にして二人の背筋がビクッとしたと同時に、誠実の視線が今度は龍彦へ向けられる。

「――ということだから。帳くんの今日までの分の帳簿は、俺が再計算して記帳し直し、更正請求もするね」

「い、いろいろ手間かけさせて、悪いな」

「それは気にしないで。ただ、他にも帳くんみたいな露店担当の店長組員がいるなら、早急に今から過去五年分の帳簿と確定申告の控えを全員分揃えて俺に見せてくれると嬉しいかも。そしたら、全部まとめて確認するし、過大申告に関しては、更正請求をするからさ」

ただ、誠実がさらなる笑顔で龍彦にお強請《ねだ》りしてきたのは、やはり帳簿だった。

「過去五年分？」

「そう。遡《さかのぼ》って修正申告できるのは五年までなんだ。けど、この〝税なんか余分に払っときゃ文句ねぇだろう〟みたいな諸経費のどんぶり勘定って、前々からなんだろう。そうしたら、全員同じノリで教えられて、記帳して、申告してきたと思うんだ。そうすると、帳くんの状況から見当をつけても、一人十万円近くは損をしている。それが五年分だ。たとえ一人、二人分であっても、取り返さなかったらもったいないだろう」

言われてみれば、確かにそうだ。

これこそが、ちりもつもれば山となる、だ。

「まあ、そうだな」

「で、実際は何人いるの？」

「そうだな。今、三十何人くらいはいたかな？」

しかし、龍彦が気の抜けた返事をした途端、誠実が豹変《ひょうへん》した。

トンどころか、いきなり帳簿をバン！　と叩くと、さすがに龍彦も身を引く。

帳などすでにその場から逃げている。

「は？　くらい？　何、暢気《のんき》なことを言ってるんだ。だったら今すぐ耳を揃えて持ってこさせて。仮に三十五人としても、一千七百五十万相当のお金が戻ってくる。けど、一人の五年分を確認、訂正するのに、慣れた俺でも半日はかかるんだから。今すぐ、早く、もたもたしないで！　時は金なりってこういう意味だよ。わかってる⁉」

もはや、「何してくれてんだよ、ふざけるな」と言わんばかりだ。

再び、誠実の指が苛立《いらだ》ちを表すように、トントン、トントンと帳簿を叩き始める。

「ふっ、不破！　今の聞こえてたか！」

「はい！　すでに事務所に連絡入れて確認してますので、今しばらくお待ちを！」

声を上げた龍彦に、不破がスマートフォンを片手に声を荒らげた。

それにもかかわらず、誠実は「使えねぇ」と言わんばかりに重い溜《た》め息をつきながら、トントン、トントンと帳簿を叩き続ける。

——もしかして、これが世に聞くパワハラだろうか？

そう言いたげな龍彦をフォローするためか、一度は席から逃げた帳が、恐る恐るお茶とお茶菓子を用意し、誠実の前に戻ってきた。

「ね、姐さん……。いろいろ立て続けにお疲れだと思いますし、諸先輩方の帳簿が届くまで、ひと休みされてはいかがっすか？」

「そうだ！　帳の言うとおりだぞ、誠実」

だが、この程度の懐柔《かいじゅう》では、誠実のトントンは止まらない。

しかも、一度は見終えたはずの帳簿を再びパラパラ捲り始めると、

「それより設備を調《ととの》えるほうが先だよ。さすがに全員手書きだとは思わないけど、データ帳簿だとしても、受け取って見られるパソコンや会計ソフトがなければ何もできない」

「不破！　すぐにパソコンと会計ソフトを買ってこい」

「はい！」

つうと言えばかあの速さで龍彦が対応したにもかかわらず、バン！　と再び帳簿を叩かれる。

帳など全身をびくつかせて「ひっ！」と反応するのが癖になりそうだ。

「——いや、待って。それはうちにあるのを取りに行けばいいだけだから、無駄な買い物はしな

いで。むしろ、そんな余裕があるなら、今からでもいいから貯蓄や財テクに回す癖をつけよう。この家、大人四人と幼児一人にしては、生活費がかかりすぎ。三世帯同居の大家族も真っ青な出費な上に、エンゲル係数がすごく高い。今の世の中、本当にどうなるかわからないんだから、龍彦たちがもう少しお金の使い方を覚えて貯えていかなかったら、龍海くんの人生まで詰みかねないよ」

そうして誠実の指は、再三のトントントントン……へ。

この指摘は、龍海の持っていた家計簿の収支内容が引っかかっていたのだろうが、誠実はこの際だからとズバズバ切り込んでいく。

「龍彦がどういう育児を目指しているのかはわからないけど、必要最低限の学費やいざとなったときの海外逃亡生活資金だけは余裕を持って準備しないとね」

「……お、おう」

龍海の学費はさておき、海外逃亡生活資金とは、いったいどこから出てきた発想なのか？

しかし、帳簿をトントンしながら、その視線がどこを見ているのかわからない状態に入っている誠実に、龍彦は同意する以外の選択肢が見当たらない。

ここですかさず、帳が誠実の視界に入るよう、お茶とお菓子を差し出した。

「ね、姐さん。とりあえず、お茶でも……」

「ありがとう」

湯飲みを両手で取ると、溜め息交じりに飲んでいく。

だが、これらの一部始終をリビングから見ていた辰郎は、抱いていた龍海のお尻をポンポンしながら、コソコソっと耳打ちをした。

「た、龍海よ。もしかしなくても龍彦は、すげぇ嫁を貰っちまったかもな」

「は〜いっ」

龍海は誠実が増えて、単純に楽しいのか、罪なほどご機嫌だ。

「さてと――。まずはこれから片付けちゃおうっと」

誠実はお茶とお茶菓子で一息つくと、その日は帳の帳簿修正で一日を潰した。

この日より当家の和室は、私設税務署兼会計事務所となったのだった。

＊＊＊

後日、藤極組事務所。

いきなり過去五年分の帳簿一式と確定申告の控えの提出を言い渡された露店担当の組員たちは、わけがわからず「マルサか⁉」「とうとう国税が入るのか⁉」とオロオロすることになった。

「――え⁉　組長のところに嫁いで来た姐さんが、元税務署職員⁉」

「おう。しかも、いっとき腹黒政治家の秘書になったらしいんだが、横領がバレて逃亡。そうとうな大金を持って、組長のところへ転がり込んだとかなんとかのワケありだってよ……」

この手の話が人伝《ひとづて》に肥大化するのはよくあることだ。

ただ、「組長の嫁」「ワケあり姐」という肩書が乗った分、大ごとになっている。

「すげぇ。それってヤクザも真っ青な押しかけ女房だな。それでいきなり帳簿出せとかってことなのか？　上納金が足りねぇぞとかって、オラオラされるのか？　怖っ！」

「うちの組――。これからブラック企業になるのかな？」

「世間の企業に比べたら、むしろホワイトじゃね！　とか浮かれられたのも、今日までか」

全国抗争なんて都市伝説だと思っているくらいの平成デビューのヤクザたちは、見た目は厳つくても小心らしい。

ましてや、帳簿提出を言い渡されたのは、フランチャイズ形式で露天商を営む面々だ。

めったに受けることのない幹部からの直下命令だけでも震えそうなところへ持ってきて、鬼姐からの増税予感。

まさに地獄の沙汰も金次第、いや姐次第だ。

するとそこへ帳がやってきた。

「いやいや、先輩方！　どこでそんな話になったんすよ」

「帳！　お前、生きてたのか！」

「到着早々の姐さんにボコられて、再起不能って聞いてたのに。無事だったのか！」

こんな話にまでなっていたのには、さすがの帳も想定外だ。

それにもかかわらず、「はい。おかげさまで」と口走ってしまったのは、帳簿をトントンされた圧迫面接がトラウマになっているようだ。

だが、それはそれだ。

「――じゃなく‼　姐さんは横領の濡れ衣を着せられて、親戚からまで虐《しいた》げられて、打ちひしがれていたところ、幼馴染みで初恋の相手だった組長と再会しただけすっよ。そこは間違いないっす。そらもう、実直を絵に描いたようなお人で――。そんな、根っからヤクザみたいな方じゃないっすから大丈夫っすよ。お金さえ絡まなきゃ」

情報は正しく伝えた。

しかし、その視線は最後に逸れる。

「け、結局は金の亡者ってことか？　札束でビシッとか、引っぱたいてくる系か⁉」

「いや、そういうんじゃなくて。元の仕事柄、収支に対して潔癖症なだけかと。一円合わなくても気持ち悪い！　ふざけんな！　テメェ舐めた仕事しやがって、タダで済むと思うのか！　当然、タダじゃねぇぞ。そもそも一円合ってねぇんだからよ‼　みたいな」

帳的には、時間をかけてトントンされるよりは、一発ビシッとやってもらうほうが精神的によさそうだと思うが、こればかりは想像だ。

もしかしたら、ビシッと何十発かもしれないのだから、安易なことは口にできない。

「そんな潔癖症は聞いたことねぇって！」

「あ、でも暴言は吐かれません。怒鳴りもしないです。ただ、その分机をトントンされますが」

結局止直にまさるものはない。

「机をトントンって？」

「いずれ会えばわかります。預けた帳簿を返すときに、挨拶を兼ねて個人面談をするとおっしゃっていたので」

もしかしたら、あのトントンに圧迫を感じたのは自分だからであって、先輩方は違うかもしれないし……というのは、希望的観測だ。

「個人……面談」

「それって、すでに。バリバリに金が絡んでんじゃねぇかよ！」

勘のよい男たちは、すでに警戒態勢に入っている。

ただ、本日帳が龍海の子守を誠実に任せてまで、ここへ来たのには、別のわけがある。

「それでご相談なんすけどね。今後は屋台にも電子マネーの導入を検討しないっすか？　ピッ！と済むほうが客も楽だろうし、俺らも一円合わねぇ！　また使途不明金か⁉　とかって、真っ青にならずに済むと思うんで」

ここぞとばかりに提案した。

「使途不明金ってなんだ？」

「そんな勘定、今まで使ったことあったか？」

「これからは出てきます。どんぶり勘定廃止ですから。でも、だからこそ、もう会計のシステムそのものをどんぶりにしませんかってことで！　ペイとか入れましょうよ、ペイとかを!!」

しかし、これに関しては、また一からの説明が必要となり、帳は途中で挫折《ざせつ》した。

こうなったら、誠実の面談を受けてからのほうが実感も湧くだろう。切羽詰まって、自ら話を聞く態勢が作れるだろう……と思い。


一方、翌日には龍彦の手配により、父親の遺骨や位牌《いはい》、ノートパソコンや衣類など、当面必要な荷物だけをまとめて引っ越してきた誠実は、最初に使った和室を専用部屋とし、三十七人・過去五年分の帳簿やデータの確認作業に入った。

部屋の中央に置かれた螺鈿《らでん》の桜模様が美しい漆黒の長座卓の三方に帳簿類を積み上げ、その囲いの中でノートパソコンを開く。

シャツとズボンに薄手のカーディガンというラフな私服姿に、作業用の腕カバーをつけて黒縁の眼鏡までかけている。

その姿がいっそうお役所感を強めており、まるで税務署内の一角のようだ。

（へ～。ああは言ったけど、全員がどんぶり勘定ってことでもないのか。もしかしたら本人か奥さんが資格持ちなのかもしれないけど、手書きなのに商工会議所のお手本みたいな帳簿もある。
そうかと思えば、千円単位の記入がまったくされていない大どんぶりまであって、ビックリする
くらいバラエティ豊かだ。まあ、個々にすごい癖があるけど、すべての帳簿やデータからは一生
懸命さが見えて、脱税してやろう感ゼロなのがわかるから、こうして笑ってられるんだろうけど
しかし、当の誠実は積み上げた帳簿やデータを見ながらご機嫌だ。
記帳の仕方から人柄が読み取れるらしい。
（不思議なものだよな。あんなことがあったばかりなのに、俺は笑って――ん？　久遠さん）
すると、ここへ来てようやく充電を始めたばかりのスマートフォンがメールを受信した。
見れば久遠からだ。すでに何件かの着信履歴も残っている。
誠実は慌てて目を通す。

佐々木誠実様。

その後どうしているかな――などと、私が聞ける立場にないのはわかっている。

佐々木の伯母から、納骨の話を聞いた。とても驚いた。

まさか菩提寺から追い出すなんて……、考えもよらなくて。

本当に申し訳ない。

伯母には、身内として君の無実を信じてほしい。私も誠実くんを信じているし、この件に関し

ては、内々に調査をしようと思っているから。そう伝えたのだが、言い方が悪かったのだろう。

伯母なりの私への気遣いが、君への無下な仕打ちになってしまった。

本当にお詫《わ》びもしきれない。ごめん。

ただ、このことに関しては、改めて佐々木の伯母を説得するなり、新たな菩提寺を探す手伝いをするなりしかできないが、できる限りの協力はさせてほしいと思っている。

また、私自身は本当に君の無実を信じているし、今もどうしてこんなことになったのか探っているところだ。

さぞ、心細い思いをしていることだろう。

伯母のことがなければ、すぐにでも駆けつけ、励ますこともできるのに。

今の私は、自分の存在自体が君を苦しめ、嫌悪感でいっぱいにしてしまいそうな気がして、こうしてメールを送ることさえ躊躇いがちだ。

しかし、これだけは信じてほしい。

私は君が誰より高潔であることを知っているし、そんなところが大好きだ。

必ず冤罪を晴らす。

そして、君の汚名を返上し、失ったものをすべて取り返し、できることなら何か一つでもプラスにしたいと思い、動いている。

だから、こんな人間が一人でも側にいることを、どうか忘れないでほしい。

また、もしこんな私を信じてもらえるなら、一度返事をしてくれると嬉しい。本当に安堵する。

どうかよろしく頼む。久遠一嘉より。


読み終えたところで、誠実は深い溜め息を漏らした。

息を止めて読んでいたのがわかる。

思い詰めた久遠の声が、聞こえてくるようだったからだ。

(同じ親戚でも、こんなに違うなんて。本当にいい人だ。けど、だからこそ彼を守りたい。俺のことには巻き込めないと思い、周りが必死になって俺を排除しようとしても、不思議はない。さすがに菩提寺から追い出した挙げ句に、本来なら俺に戻るお金を勝手にお布施として寄附するのはどうかと思うけど——)

人生が一変して、まだ三日も経っていなかった。

だが、そうとは感じず、むしろ以前からここにいるような気分になっているのは、龍彦の存在はもちろんのこと、同居人たちの対応も自然なためだろう。

龍海が人見知りをせずに、懐いてくれたのも大きい。

(でも、住職には俺からのお布施ってことで御礼を言われたたし。あのあとすぐに龍彦に拾われたことを考えたら、充分すぎると思うべきなんだろうな——。でも、できれば、お布施分の領収証は発行してほしいな——。何かに役立つかもしれないし)

誠実は改めて深呼吸をすると、スマートフォンの画面に指を向けた。

（一度は諦めた恋。永遠にないと思っていた男との再会。その上、勢いのままこんなことになってしまったとは言え、ここは俺にとっては極楽だ。これから日陰の世界を、地獄を見るような体験をしていくのかもしれないが、それでも龍彦の側にいられるのなら、これ以上の幸せはない。久遠さんには、俺のことは忘れてもらうのが一番だ――）

さすがに本当のことは書けなかったが、誠実はまず、久遠に自分を信じてくれたことへの感謝をしたためた。

そして、今後自分の心配は無用であること。

ましてや冤罪の真相など追わないでほしいこと。

とにかく久遠自身を一番に、そして大事に考えた上で、今後も健康で仕事に励んでほしいことなどをまとめて書いて返信をした。

今後自分からは久遠や親戚の前に現れることはないので、伯母夫婦にも安心してと伝えてほしいとまで――。

（はぁ……）

すると、そこへ両手にコーヒー入りのマグを持った龍彦が現れる。

「まるでバリケードだな。お役所が引っ越してきたみたいだ」

外ではダークスーツ、家では着流しが定番のようだが、どちらも硬派な印象のある龍彦には、とてもよく似合っていた。

特に幅のある肩から程よく締まった腰のラインまでが男らしくて、艶やかで。未だ全体的にスラリと細い印象ばかりが目立つ誠実からすると、羨ましいやら、ときめくやらで大変だ。

伴侶でなければ、同じ男として、嫉妬ばかりしているかもしれないと思う。

「……龍彦。龍海くんは？」

誠実はスマートフォンを手放し、広げていた帳簿類を片付けて、コーヒースペースを作った。

そして、作業用にかけていた眼鏡を外し、腕カバーも取って、揃えて卓の隅へ置く。

「遊び疲れて、伯父貴と一緒に昼寝中」

「そう」

龍彦は、誠実が空けたスペースにマグを置き、スマートフォンを脇へずらしてから隣へ腰を下ろした。

そして、改めてマグを手にすると、しみじみ帳簿を眺める。

「これ――。三十七人、五年分の帳簿確認を本当にやるのか？　確かに多少の金は戻るのかもしれないが、それでお前が疲れて調子を崩したら意味がないぞ。元の職業柄、どんぶり帳簿に我慢ならないなら、改めて会計士を雇えばいいだけだし」

「そんな、もったいない。俺がやればタダなのに必要ないって」

誠実もマグを手にし、「いただきます」と微笑んだ。

そこからは、他愛もない会話を楽しむ。

「いや、さすがにそれは——。この帳簿を出してきた連中が恐縮しちまう。それに、ただ働きはしない、させない、労働対価は適切に！　が、組のモットーだしな」

それにしても、なんてすばらしいホワイトヤクザ——だった。

露天商以外にどんな仕事をしているのか、何で稼いでいるのかは、改めて聞くとして。

この露天商に限っては、フランチャイズのような暖簾《のれん》貸しの個人経営方式で、組員を独り立ちさせているところで、すでに誠実は驚いていた。

仕入れにしても、組がまとめて行い経費を抑え、個人の売上から徴収されている暖簾代という名の道具一式レンタルもかなり低料金だ。組としては薄利多売なのだろうが、現場の労働意欲を損なうことがない。

しかも、帳曰く「担当する商品によって売上や必要な技術も変わるので、そこはキャリアによって年収差がでる」らしい。が、何年かごとに担当内容が変わっていくので、得手不得手を考慮された上で、ベテランやカリスマになると年収が上がるように工夫もされている。

その上、ある程度の年齢や体調を加味し、ベテランから帳のような若手に暖簾を譲っていくので、アルバイトからの新人でも、きちんと勤めて技術を身につければ、独り立ちできるシステムになっている。

他はどうだかわからないが、藤極組の露天商部門に関しては、誠実も感心するばかりだ。

ちなみに、龍海が来てからの帳は子守がメインで別途給金を貰っているが、それでも龍彦や辰郎、不破が常に一緒に、ときには組の誰かが交代で面倒を見ているので、世に言う育児ストレスもないらしい。

もともと龍海自身が、藤極組三代目である龍彦の異母兄の子として生まれているため、この男所帯にも慣れていたことが育てやすさに繋がったようだが――。

それにしても「これのどこが地獄だ？　世の中のほうが、もっとえげつないぞ」と誠実は思う。

もちろん、誠実が来てまだ数日だ。

いい側面しか見ていないのが現実だが――。

「でもさ、龍彦。俺は、降って湧いたようにして、ここへ転がり込んできたんだよ。本当なら家事手伝いを……って思う。けど、それは帳くんがこれは自分の仕事だから、いくら俺が相手でも譲れないんですって言うし。それなら子守をって言いたいところだけど――。実際、一歳児なんて、見たことはあっても触ったのも龍海くんが初めてだ。何かあってからじゃ遅いから、やっぱりまだ様子を見ながら一緒に遊ぶくらいしかできない」

ただ、人間は環境がよすぎても不安が起こる。

「あとは、伯父貴さんや不破さんも、まずはここでの生活に慣れることが先だし、これまで公僕としてこき使われてきたんだろうから、少しはダラダラしたらいいって――。強いて言うなら、龍彦とラブラブだけよろしくって言ってくれるんだけど。どう考えても、これって楽すぎるだろう」

特に誠実のように、突然理不尽な目に遭うと、相手がどうこうではなく、なかなか警戒心が解けないのだろう。

話を聞いている龍彦は、しょうがねぇな——と言いたげに、笑っているが。

「いや、いいじゃねぇかよ、楽したら。って言いたいところだが、それだと誠実は落ち着けないってことか」

「ごめん。何かして、龍彦たちの役に立てていないと、自分の居場所が得られない気がして」

すると、龍彦がスッと手を伸ばして、誠実の頬を撫でてきた。

「損な性分だな」

「かもしれない」

誠実はそんな龍彦の手の甲をひと撫でしつつ、目の前に置かれた帳簿を取った。

「けど、ね。端《はた》からは大変そうに見えるかもしれないけど、俺はかなり楽しんでるんだ。こういう帳簿というか、お金の流れに触れると、その人の人となりが見えてくる。それも、みんな真面目でさ。でも、そんな中でも、ちょっとちゃっかりしてるっぽいな——とか。本当にどんぶりを貫いてるなとか。こんな都合のいい計算、初めて見たよとか笑えるし。なんていうか、みんないい人なんだろうなっていうのが、伝わってくるのも嬉しくて」

その言葉に嘘や世辞がないのは、誰が見てもわかる。

誠実にとって帳簿というのは、たんに収支が記帳されているだけのものではない。組織の入り口であり、龍彦が普段からどんな人間に囲まれているのかを知る貴重な資料でもあるのだ。

「もちろん。龍彦の組の人たちだからっていうフィルターは大いにかかっているだろうし、すでに帳くんや不破さん。辰郎さんや何より龍海くんを知っているからだとは思うけど」

ただ、龍彦はといえば、誠実が満面の笑みで手にした帳簿を取り上げた。

マグとともに卓上へ置くと、改めて誠実の肩に腕を回す。

「いや、そう言って全然わかってねぇな。帳簿越しに見るあいつらのことはともかく、俺自身のことは」

「龍彦の……こと？」

「自腹で会計士を雇ってでも、お前とイチャイチャしていたい。これが今の本心だから」

どうやら龍彦は、結ばれたばかりの自分を前にしながら、誠実の意識が他に向いていることが不満のようだ。

力強く抱き寄せると、唇を押し当ててくる。

「龍……彦」

驚いて唇を離すも、肩を抱く力が増す。

「こんな日が来ると思っていなかった。俺は、たとえこの世に俺とお前しかいなくなっても、こういう不埒《ふらち》な真似はしちゃいけねぇのが、佐々木誠実って奴だと信じてた。どこの誰より、俺がお前を穢《けが》しちゃならねぇ。綺麗に守っとかなきゃ——って」

「んっ、んんっ」

いっそう深々と唇を合わせられると、彼の空いた手が胸元を弄り、閉じたシャツの上から突起を探り出す。

触れるとすぐに硬くなったそれを指の先で弄り回して、キュッとつまみ上げられる。

「んんっ」

一点に感じた甘い疼きに、喘ぎ声が漏れそうになった。

しかし、それはすべて龍彦に呑み込まれていく。

誠実は、抵抗する気はないにしても、戸惑いから龍彦の胸を押した。急に求められたことへの驚きもあるが、それさえ快感と捉える自分自身が不安になったからだ。

「……だから……したいようにさせろ。お前はもう、一生俺のものだろう」

「龍……彦っ」

「嫌か？」

それでもイエスかノーかを問われれば、答えはイエスだ。

誠実は首を横に振ると、「そうじゃない」と小声で漏らす。

「急に……、驚いただけ。だって……」

思いがけず、感じてしまったから——。

そう言いたげに目を伏せると、誠実は両腿同士を擦るようにして、もぞもぞと動かした。

一瞬不安そうな顔を見せた龍彦に、笑みが浮かぶ。

「なんだ。そういうことか」

改めて唇を寄せると、龍彦はそのまま誠実の身体を押し倒して、シャツのボタンに手をかけてきた。

次第に鼓動が激しくなる中、現れた白い肌に龍彦の唇が下りていく。

「ぁっ……っ」

濡れた唇、舌先が突起を捕らえると、無意識のうちに声が漏れた。

軽く噛まれたときには、さらに漏れそうになった喘ぎ声を意識し、誠実はグッと呑み込む。

(んっ……っ)

片側ばかりを丹念にしゃぶられ、愛されて。もう片側が切なさを感じたところで、キュッと摘まれ、爪の先で弾かれる。

「ぁ……っ」

左右で受けたアンバランスな感覚に、結局堪えきれずに声が漏れる。

背筋を反らした誠実の膨《ふく》らみ始めていた欲望が、一気に漲った。

それを誤魔化したくて片膝を上げるも、かえって龍彦を刺激してしまう。

乱れた着物の裾からスラリと伸びた筋肉質な下肢と、誠実のそれが擦れて、いっそう身体が火照った。

血肉が沸き立ち、憤る自身をかえって抑えられなくなる。

「下も弄ってほしいか」

胸元から顔を上げる龍彦に意地悪そうに聞かれて、誠実が言葉に詰まった。

しかし、答えに詰まったところで肯定だ。龍彦はそれが愉《たの》しいらしく、「ほしいんだ」と呟き、誠実をからかいながらズボンの上から膨らみを探り始める。

(あ……んっ)

ファスナーが下ろされ、前が寛《くつが》されていくのさえ、今の誠実自身には刺激的だ。

羞恥と高揚が入り交じり、頬から耳まで赤く染まっていく。

「いっそ、強請れよ。誠実の声で聞きたい」

「――できないって。いつ……、誰が来るか……、わからないのに」

どうにか冷静に返すも、下着ごとズボンの前を下ろされた下肢からは、誠実自身が勢いよく頭をもたげた。

咄嗟に隠そうとし、手を伸ばすが、それも龍彦に弾かれる。

「そうだな。俺もじきに出かけなきゃならないのに、失敗したかもな」

衝動に負けたのか、一瞬とはいえ周りも予定も見えなくなってしまったのか？

それでも考えなしにちょっかいをかけたことだけは、反省したらしい。龍彦は「ごめん、ごめん」と言いながら、誠実の股間に顔を埋めた。

躊躇うことなく、引き返せなくなっていた誠実自身を根元から舐め上げ、口に含んでいく。

（あ……っ。駄目っ）

熱くて、ねっとりとした粘膜が、亀頭の先から根元まで絡みついてきた。

これだけでも、どうにかなってしまいそうなのに、柔らかな陰嚢《いんのう》まで愛される。

龍彦は唇と舌全体を使って、誠実が感じる部分を巧みに探り、煽ってくるのだ。

（そんなに、したら……、まずいって）

そうでなくとも、つい数日前まで自慰しか知らなかったのに――。

誠実にとって龍彦は、何もかもが刺激的で快感だ。側にいるだけで欲情を煽り、発情を仕掛ける存在でもある。

「ここ、全身全霊で……反応してくるんだよ」

何事にも素直で忠実な誠実に、龍彦の声が弾む。

「俺でもいいって……。嬉しいって言ってもらってるみたいで、たまらなく可愛い」

「違う……よ」

言わんとすることは理解できるが、敢えて誠実は否定した。

「ん？」

するとと龍彦が顔を上げる。

「龍彦でもいいなんてことはない。龍彦がいい……。龍彦だから、いいんだよ」

思いがけない否定は、何倍もの愛の証だ。

否応なしに、龍彦の顔がほころぶ。

「本当に、誠実は最高だ」

いっそう強く、激しくなった愛撫に、誠実は自ら口元を手の甲で塞ぎ、打ち寄せる快感に身をくねらせた。

（も……、駄目っ。もたないっ）

「いけよ。遠慮するな……っ。俺は、お前だからいかせたいんだ」

（龍彦……っ）

龍彦の声がくぐもる中、ゆるく、強く、自身を吸い込まれるたびに、誠実は背筋から爪先までが痺《しび》れて、震えた。

「誠実のだから、味わいたいんだから……さ」

（あっ――っん！）

体内に溜まり、出口を求めて渦巻いていた快感が一気に抜けた。

必死に声を殺して得た絶頂感は、誠実に家族の目を盗んで高揚し、興奮した学生時代のような甘酸っぱい気分を思い出させた。

いつ、誰が通ってもおかしくないリビングの一角だけに、龍彦は誠実を満足させたところで行為を終えた。

誠実は一瞬「俺も……」と手を伸ばしたが、それは「今はいい」「夜に取っておく」と笑われて、身繕いまでされた。

「やっぱ家だと落ち着かないよな。改めてデートでもするか」

龍彦は誠実の肩を抱いてきた。

「え?」

「今さらって顔をするなよ。考えるまでもなく、行事というかすべての手順をすっ飛ばしてこうなってるだろう。けど、恋人っぽいことをしても、それはそれで楽しいかと思って」

まるでひとときの逢瀬《おうせ》を楽しむように、和室の壁に背をもたれながら、こめかみや頬を寄せてくる。

その上、デートの誘いだ。天にも舞うような気持ちとは、こういうことだろう。

誠実は自分からも寄り添いながら、目を輝かせる。

「なら――。組の人たちが露店を出しているところへ、みんなで顔を出すのはどうかな。売上にも貢献できるし、龍海くんも縁日やお祭りを楽しめるよ。もしくは、みんなで温泉? 今なら雪の中で露天風呂なんかも楽しいんじゃないかな。あ、近場でイルミネーションを見に行くとかも」

「それもう、デートじゃねぇだろう。家族行事だ」

いいアイデアだと思うも、龍彦はクスクスと笑っている。

自分が言い出すならまだしも——と思ったのだろう。

しかし、だからこそ誠実が当たり前のように口にしたことが、嬉しくもある。そんな気持ちが見て取れる、龍彦の笑顔だ。

「龍海くんは龍彦のことが大好きだろう。何かにつけて、くーちょーくーちょーって、捜し回って、抱っこぎゅーとかって。めちゃくちゃ可愛いじゃないか。でも、ご両親のことを考えたら、どこかで寂しさを埋めようって本能から、叔父である龍彦を追いかけるのかな？　とも感じられるし」

誠実は、尚も考えを口にした。

「それなのに、龍海くんをお留守番させて二人でお出かけとか、考えられないよ。そもそも不破さんだって、護衛としてはまったく役に立たない俺と龍彦だけで出かけさせるなんて、絶対にしたくないだろうし。だったら、みんなで出かけたほうが安心だよ。誰もヒヤヒヤしないし、寂しい思いもしない」

「誠実」

「それに——さ。龍彦が過去もカウントしていいよって言ってくれたら、俺の記憶の中にある二人きりの時間は、全部デートになるよ。龍彦はどう思っていたかわからないけど、俺は小学校の高学年くらいには、龍彦のことが特別だった。もしかして、恋なのかなって意識してからは、二人で遊んだり、出かけたりするのが、デートと大差ないくらいドキドキしたり、わくわくしたり。はらはらもしていたよ」

思いつくまま、ただ正直に、自分の気持ちを龍彦に明かしていく。

「離れてからも——。絶対に覚えているはずなんかないのに、ふとしたときに龍彦の指の感触を唇で錯覚したりして。結局、その後も龍彦以上に好きになれる、ときめく相手は現れなかった。でも、まあ。今の時代、そういう独身者がいても、特に珍しくないし。合コンや見合いの誘いなんかもあったけど、勉強と仕事が本当に忙しくて、断り続けるうちに、今に至った」

ふと、誠実は肩を抱く龍彦の手に、手を伸ばした。

その甲をぎゅっと握り締めると、まるで離れていた空白を埋めるように、自身のことを説明していく。

だが、十六年という月日が流れたわりには、短い。

誠実が龍彦への思いを胸に秘めたまま、勉強と仕事に明け暮れて、十代の後半から二十代を過ごしたことがわかる。

「そうして、あの夜。もう、どうにでもなれって思っていたときに、龍彦が見つけて拾ってくれた。好きだと言って、俺を……力いっぱい抱いて、愛してくれた。だから、俺の中ではちゃんと手順を踏んでるんだ。初恋も、デートも、致し方ない別離も。そこからはちょっと時間が経ってしまったけど、再会からの告白も、契《ちぎ》りも、電撃婚もね」

話を聞けば聞くほど、誠実の肩を抱く龍彦の手に力が籠《こ》もった。

しかしそれは、龍彦の手を握る誠実もまた同じだ。

「さすがに、すべてが一晩で成立してしまったのは夢かなと思ったけど。でも、朝になって龍海くんの声を聞いて、帳くんたちの姿を見て。それも嘘みたいに歓迎してくれて――。本当はまだ、もしかして全部夢で、起きたら誰もいなくなっているのか、実は俺自身があの日にもう死んでいるのかな――なんて考えるときもある。でも、こうして龍彦が側にいて抱き締めてくれると、現実なんだなって思える。あとは……」

そうして、他愛もない話の終わりに、誠実の視線が長座卓へ移った。

釣られるように、龍彦の視線も同じほうへ向かう。

「この帳簿の山に埋もれて、朝から晩まで淡々黙々と処理をしていたら、嫌でも生きてるって気はするよな。しかも、時間の合間に帳にそろばんまで教えて。龍海にそろばん片手に、チャカチャカ変な踊りを踊られたら、現実以外の何ものでもないもんな。くくくっ」

「う、うん。こう言ったら本当に申し訳ないけど、そういうことかな」

――などと話していると、

「く～ちょ～。あ～ね～っ」

「こらこらっ！　お前は俺とおやつだろう」

「や〜よ〜っ。きゃっはははっ」

昼寝から起きてきた龍海と、慌てて追いかける辰郎の声が、奥の部屋から聞こえてきた。

龍彦は、いきなり子持ちの家庭に嫁に来た――みたいになってしまった誠実が心配だったらしいが、誠実からすれば真逆だ。

ここへ来て初恋が実るどころか、なくしたはずの家族までもが一緒に増えて、嬉しくて仕方がない。

それは、龍彦の腕の中で背筋を伸ばし、笑顔で龍海を迎える姿からも見て取れる。

「よし。そうしたら、この冬はイルミネーションを見て、屋台の立ち食いして、温泉旅行にも行くか。なんか、伯父貴が一番はしゃぎそうなプランだけどよ」

「――うん」

龍彦はそう言うと、名残惜しげに誠実の肩をポンと叩いた。

互いの視線を龍海に向ける前に、今一度軽く唇を合わせて、キスをした。

6

誠実が龍彦のところへ来て、一週間が過ぎた。

その間、龍彦は一日と欠かさずに、仕事で家を出ている。行き先はその日によって違うらしいが、事務所には必ず顔を出しているらしい。

では、その仕事内容はというと、「これからゆっくり説明していくよ」と言われて、誠実は納得していた。

すでに組内に露天商の部門があり、またその収支帳から真面目な姿勢を見ていたこともあり、不安や心配といった感情が起こらなかったのもある。

せいぜい、「ヤクザと言ったら、土建業や飲み屋経営もありそうかな?」と、税務署勤め時代に扱ってきたものから想像した程度だ。

それにしたって、どんな職種であっても、会計帳簿ならお任せあれ——というノリだ。

「組長。伯父貴。車の用意ができました」

「おう」

そうして今日も、龍彦はダークスーツ姿で出かけていく。

「あ、誠実」

「はい」

「今夜は俺も伯父貴も親しい組長たちとの飲み会があって遅くなる、悪いが、先に寝ていてくれるか」

「了解」

お供は運転手を兼任する側近の不破と辰郎の二人が務めることが多い。

「帳。誠実と龍海を頼んだぞ」

「承知しました」

そうなると、自然に帳と誠実で龍海を見ながら留守番となるのだが、大概誠実は和室で帳簿とにらめっこだ。

「あ〜ね〜っ」

そして、こうして龍海だけが寄ってくるときは、帳とのお昼寝で先に起きてきたときだ。

以前は帳を起こすか、起きるまで側で待っていたらしいが、誠実が来てからは決まって和室へやってくる。

むしろ帳の目を盗んで遊びに来るのが、新たな楽しみになっているのかもしれない。

今日のヒヨコのカバーオール姿も愛らしくて絶品だ。

「ん？　なぁに、龍海くん」

「ふふふ。しゅき〜」

容姿が最愛の龍彦に似ているだけでも愛情過多なのに、こうしてテレテレしながら抱きついてこられた日には、もうメロメロだ。

同居三日目には一緒に寝るのを、四日目にはお風呂を強請られ、喜び勇んで受けたところで、龍彦に嫉妬されてしまったくらいだ。

一瞬、ならば帳は⁉　と気にかけるも、彼はすっかり懐かれている誠実に感心するばかりで、嫉妬めいた感情とは無縁らしい。

というよりは、常に龍海の機嫌で室内の空気が変わるので、機嫌がいいならそれに越したことはない――というのが、現実のようだ。

「それは嬉しいな～。俺も龍海くんが、大好きだよ～」

「たっちゅん、あ～ね～。ぎゅ～」

「ぎゅ～っ」

それにしても、龍海は龍彦を「組長」と呼び、誠実のことは「姐」と呼んでいた。

帳の呼び方で覚えているのだろうか。そうなると一人称の「たっちゅん」は「龍海坊ちゃん」の省略なのかもしれない。

――などと想像していたときだった。

誠実は、龍海のぽってりしたお尻に気がついた。

「あ。もしかして、オムツ濡れてる？」

「ん～っ」

真相はわからないが、恥ずかしいのだろうか？

もしくは、これもコミュニケーションの一環なのかもしれないが、龍海はお尻をくねらせると、

「どうでしょう？」みたいな表情をする。

これがまた誠実にとっては、たまらなく可愛い。

まだまだ一語、二語の喃語で話してくる龍海だが、表情が豊かで、愛嬌《あいきょう》もあるため、こうしたやり取りだけでも楽しくなれる。

「誤魔化してるんだか、交換のお願いをしてるんだか。どっちにしても可愛いな～っ。よし！お尻を綺麗にしよう」

「は～い」

しかも、すでに誠実が溺愛《できあい》しているのが、わかるのだろう。

龍海も誠実に「可愛い」と言われたり、抱っこや頬ずりをされたりするとご機嫌だ。

特に抱っこが好きなようで、抱えて子供部屋へ移動すると、これだけで幸せそうな顔をする。

「じゃあ、オムツを脱ごうね」

「あ、姐さん。俺がやるっす！」

すると、そこへ昼寝から起きた帳が、慌ててやってきた。

どうやら先にベッドを抜けた龍海を捜して、入れ違いになっていたのだろう。遊びとして強請

られたのか、ニワトリの着ぐるみを着ている。

「いいよ、いいよ。それよりおやつの用意をお願いできるかな？　俺もお茶を飲みたいし」

「あ、はい！　わかりました。では、龍海坊ちゃんをお願いします」

とはいえ、帳としては、ニワトリ姿を見られたのが照れくさかったのだろう。

ここは誠実に任せて、すぐにリビングへ移動した。

（——本当に、なんて居心地のいい家だろう）

龍海のオムツパンツを穿《は》き替えさせる誠実の顔に、自然と笑みが浮かぶ。

だが、丁度取り替え終えたときだった。

「ね、姐さん！　ちょっ、これ！」

「どうかした？」

珍しく大声で呼ばれて、誠実は龍海の手を引き、リビングへ移動した。

すると、帳が今点けたばかりだろう、大型テレビを指差している。

「松江《まつえ》とかって議員なんですけど。これ、もしかして姐さんが言ってた横領冤罪のことっすか？」

「え⁉」

画面には、ここへ来るまでほとんど見たことのなかったワイドショーが放送されている。

《——未遂とは言え、職員が犯そうとした罪は、私の罪です。知らぬ存ぜぬでは通りません。また、そうした言いわけを、今後まかり通さないためにも、私が退くことは決して無駄ではないと

信じます》
フラッシュの音が響く中、画面いっぱいに映っていたのは、じきに六十歳を迎える松江秀一《しゅういち》だった。中肉中背の彼は、元は大手企業勤めで、四十代で地元の政党支部からの支援を得て立候補。初回こそ落選するも、その後は順調に任期を重ねて今に至る、議員としては中堅どころだ。
画面下のテロップには、「緊急会見！　衆議院・松江議員、突然の辞職願」などと書かれている。
《しかし、報告を受けたのは昨日なんですよね？　問題になっているお金も、実際横領しようとしたその職員から取り戻していて。それで未遂扱い。被害届を出すまでもなく、内々で決着がついている状態だと》
《そうです。温い、甘いと言われてしまうでしょうが、職員としては有能で、私も家族同然と思い接してきました。ただ、それが親の財布に手を出すような、幼稚な気持ちを生じさせてしまったのかもしれません。人間ですから魔が差すこともあるでしょうし……》
龍海と繋いだ誠実の手から、力が抜けていく。
《――ですが！　まだまだ人生経験の浅い、前途ある若者の、気の迷いからの罪を私が許せたとしても、それを見逃す私自身の罪は、許すことができません。いいえ、有権者の皆様からいただいた信用の下に今の立場があるのですから、許されてはいけないのです》
いったい誰の話をしているのか、誠実には到底自分のことだとは思えない。
だが、話の内容から考えるならば、やはりこれは誠実のことだ。

松江議員は、あの日は何も言わずに立ち会いのみ。誠実が無実の罪を着せられ、追い出されていく様を、黙って見ていただけだと言うのに――。

《今回は初めてのことですし、当人にも充分な反省と後悔が見えました。また、謝罪も受けており、自ら退職もしております。ただ、こうした内々での解決を選択、判断したのは私ですから、その責任は負いたいと思います。なので、どうか――。これ以上はそっとしておいていただきたい。党本部にも、そのようにお願いし、届けを出しておりますので》

そうして、松江の会見は終わり、画面がスタジオに切り替わった。

〈――という会見でしたが、いかが思われますか？　今現在、届けは党本部預かりで止まり、受理の報告は、改めて後日のようですが〉

メインを務める男性アナウンサーが、その場にいるコメンテーターたちに聞いていく。

〈未然に防いだとはいえ、業務上横領は非親告罪。普通は、被害に遭ったとしても、世間からの悪評を避けて表には出さず。暗黙のうちに処理という会社や組織も多いでしょうにね――。ましてや政治家の事務所なのに〉

〈――ですよね。こう言っては語弊《ごへい》があるかもしれませんが、世の中には誠実な政治家もまだ残っていたんだと。いえ、過去に見てきたこの手の会見では、自分のあずかり知らぬところだ。すべて秘書に任せすぎた。今後は充分注意して、公務を続ける。私は関係ないってニュアンスを出しまくった感じがお決まりじゃないですか〉

午後のワイドショー。しかも、緊急会見を生放送ということもあり、この分野の専門家を呼ぶのは間に合わなかったのだろう。

揃っているのは、男性俳優や女性アイドル、男性経済評論家などの肩書の者たちだ。

〈ですよね！　私はこういう上司なら部下も働き甲斐もあるのになって思いました。それに魔が差してしまった職員さんのこともいっさい悪く言わないし。本人だって後悔して、離職することで責任を取っているのだから、これ以上は興味本位で騒がないでほしいって。自分のほうが辞めちゃうなんて。なんか本当にお父さんみたい〉

〈私も、十万円にも満たない秘書の横領未遂で、自ら辞職した議員は初めて見ました。もちろん、犯罪も有権者に対しての責任も金額に左右されるわけではないですが、これまで見てきた横領事件と比べてしまうと、松江さんの誠実さが浮き彫りになってしまって――〉

なんら準備のないところで意見を求められているのだろう、無難なコメントが続く。

内心彼らが何を思っているかはさておき、現段階ではこう言うしかないだろう。

そうでなくとも、松江は見た目も経歴もクリーンな政治家だ。

もともと黒い噂がある人物でもなければ、選挙時にマスコミから注目を浴びるようなタイプの政治家でもない。

良くも悪くも目立つことなく、ノースキャンダルでここまできているのだ。

「あ……。すみません。これは姐さんの話じゃなかったですね。十万円って言ってるし、未遂だし。何より、本気で職員を庇《かば》っていたし」

だが、これを見ていた帳は、会見内容をそのまま受け取り、信じてしまった。

これは帳本来の素直さもあるが、誠実からすれば〝松江が他人に与えるいい人っぽい印象〟がそうさせるのだろうと思った。

彼には、会見での台詞《せりふ》が演技ではないかと疑わせるような毒もなければ、圧倒感やオーラといったものもないからだ。

(――どういうことだ？　マスコミか誰かに話を嗅《か》ぎつけられて、先に手を打ったのか？　かといって、本当の額は大きすぎるから十万程度で、しかも未遂ってことにして――？)

とはいえ、誠実が事務所に勤めた期間は、半年もない。

その間に受けた印象だけでは、誰が何の意図で自分を陥《おとし》れたのか、まるで想像がつかない。

だが、あんなことは事務所内の誰かがかかわっていなければ難しいだろう。

かといって、関係者以外何人たりとも入れない場所かと問われると、そうでもないから難しい。

誠実の中で、いったんは後回しにした事件への疑惑や悲憤が改めて起こり始める。

(けど、任期満了にはまだ一年ある上に、松江先生は来期も継続する気満々だった。こう言ったらなんだけど、これといった出世欲や闘争心はないにしても、死ぬまで議員でいたいし、議員のまま老衰したいを笑い話にする超保守派のタイプだ。それなのに、このタイミングで早期辞職？　何か変だ。――いや。そもそも俺からしたら、すべてがおかしい話だが)

「あ～ね～？」

テレビを前に立ち尽くした誠実を気にかけ、龍海が脚に抱きついてきた。

「あ、ごめんね」

ハッとしたと同時に、テレビ画面が切り替わる。

〈ただいま速報が入りました。本日午前十一時、衆議院・音田正市《おとたせいいち》議員の事務所及び自宅へ国税局による査察調査が入った模様です。繰り返します。本日午前十一時、衆議院・音田正市議員の事務所及び自宅へ国税局による査察調査が入った模様です。現地と中継が繋がっているようですので、呼んでみたいと思います〉

（――――!?）

誠実は新たに入ったニュースに、しばらく目が釘づけになった。

＊＊＊

気を取り直して帳簿チェックを再開するも、誠実はどこか上の空だった。

「らんらんら～ん♪　しゃっか、しゃっか、しゃっ～♪」

龍海は、誠実が家から持参した「そろばん」が一目で気に入ったらしく、「いいよ。あげるよ」と貰うと、それを手に歌い踊るようになった。

今も和室から一望できるリビングで、謎の踊りに夢中だ。

しかし、誠実はそれを目に映すが、気もそぞろ。今回の横領事件から松江の辞職、音田の査察調査までの流れを、改めて考え始めたからだ。

（自ら若手職員の過ちを正し、辞職を公言することで世間の心象をよくした議員。そして、その直後に査察が入り、脱税が露見。もはや辞職するしかない議員。誰がどう見たって、タイミングがよすぎる。偶然とは思えない）

すでに誠実は、身も心も表の世界とは決別することを決めてここへ、龍彦のもとへ来た。

自身にかけられた横領冤罪の真相、またその後の久遠の様子など、気にならないと言えば嘘になる。が、まずは新しい環境に馴染むことだけを意識してきた。

しかし、こうなってくるとそうはいかない。

無意識のうちに考えてしまう。

（だが、査察部が家宅捜索に出向く日時はトップシークレットだ。ましてや捜査状が下りる日時だって、誰かが前もって決定できるかと聞かれたら、関係者全員がグルでない限り難しい。となると、やはり偶然――？　もしくは、音田の件を密告したのが松江サイドで、そう遠くない日に査察が入ることを前提に、辞職を発表した？）

それでも龍海と目が合うと、誠実はにこりと笑った。

ほとんど条件反射だが、龍海は嬉しそうだ。ますます張りきり、そろばんフリフリお尻フリフリなダンスを踊る。

ただ、これが激しくなると帳に「めっ」と注意をされて、「静かにしていないと姐さんがお仕事できないっすよ」と抱えられてしまう。

別室へ連れていかれながらも、名残惜し気に手足をばたばたさせる龍海に、誠実は「またあとで遊ぼうね」と手を振った。

しかし、心ここにあらずだ。今の今まで考えずにこられたことが嘘のように、急速に気持ちが真相究明へ傾いていく。

（それにしたって、公表された横領額と真相の詐称《さしょう》は聞き捨てならない。形としてはお金を取り戻しているし、今以上に大ごとにしないための嘘なのか。いったい何のために？　いずれにしても、俺をはめたのは事務所ぐるみとしか思えないが――。このことに久遠さんは気づいているのか？　もしくは、彼も俺をはめた一人なのか？　微妙なところだ）

ふと、思い立ったように、誠実は座卓上に置いていたスマートフォンを手に取った。

（とりあえず、もう一度連絡を取って、久遠さんに状況を聞いてみる？　探ってみる？　っ、あれ？　スマートフォンが――壊れてる！）

充電してから大して触れていなかったため、いったいいつの間に壊れたのかさえもわからない。落とす、ぶつけるなどした記憶がないだけに、かすかな期待を抱いて画面を触り、電源ボタンを押してみたりしたが、無駄な抵抗に終わる。

（普段からあまり使うことがなかったし、充電さえ忘れるくらいだからな……。気づけなくても、仕方ないか。そういえばアドレスの控えって、どうしてたっけ？）

仕方なく誠実は、スマートフォンを手から離し、代わりにノートパソコンへ目を向ける。

結果は自分の備えの悪さに溜め息を吐くしかなく、いっそう肩を落とすばかりだった。

しかも、その翌日――。

「嘘だろう」

誠実が思わず声に出してしまうほど、松江はさらにワイドショーを騒がせる〝ときの人〟となった。

監査によって脱税の証拠を押さえられた音田が即日に離職したことで、政党本部や世論に押された松江が辞職を撤回することになった。このまま議員を続投することになったのだ。

また、ネット上では、知り合いを称する者たちから松江の真面目な仕事ぶりが語られ、尾びれ背びれがついての高評価。いっときとはいえ、ＳＮＳで松江の名前がトレンドに入るほど拡散されたことで、このままいけば大臣の椅子にも手が届きそうな人気ぶりだ。

（どうにも話の流れが、松江サイドに都合がよすぎだろう。そりゃ、俺から見ても真面目で一途な仕事ぶりの人ではあったけど。だからって……）

誠実は、普段は見ることのなかったテレビを前に、幾度となく首を傾げた。

こうなると自分がいいように利用されたことだけはわかる。

だが、誰がなんのためにどうやって——というのが、まるで見えてこない。単純に考えるならば、松江やその取り巻きによる陰謀説《いんぼう》が濃厚だが、そうと見せかけて実はもっとすごい黒幕が？　現状では想像のつかない企てが進行中の可能性も？

などという発想が容易に出てくるほど、政界の闇は広くて深い。それは短期間事務所に身を置いていただけでも、感じるものがあった。

（やっぱり一から事件を洗い直すか？　でも、唯一の手がかりである久遠さんのアドレスもわからなくなってるし、どうやって連絡をとれば？　こういうときに、定期的に連絡を取り合うような友人がいないって困るよな——。俺って実はボッチだったのか？　仕事仲間はいても、プライベートの友人って聞かれると、正直悩むし……。ましてやここ二年は、父さんのことで手一杯。意識して連絡する相手もいなかったからな）

いったんテレビを消すと、誠実はリビングから和室の作業座卓へ戻る。

壊れたスマートフォンを手に、卓上のノートパソコンを見ながら深い溜め息を吐く。

（これって修理に出せば、アドレスは回復できるのか？　でも、仮にできたとして。俺から連絡なんかしても、相手に迷惑がかかるだけだよな？　龍彦が〝この世に未練がないなら〟と言ったのは、そういうことだもんな）

なんの変哲《へんてつ》もない通信機器が、地獄と地上を繋いでいた唯一のアイテムのように思える。

もちろん、久遠の個人アドレスはわからないにしても、松江事務所のアドレスならば、すぐにでもわかる。検索をかけるなり、電話番号案内で聞くなり、方法はいくらでもあるのに——。

「今さら下手なことは考えるなよ。お前はもう俺のものであり、うちの組のものなんだから」

すると、戸惑いを見透かしたように、龍彦が近づきながら声をかけてきた。

今日もまた出かけるらしい。が、同じスーツ姿でも、昨日までは感じなかった緊張感が窺える。

隣に片膝をついた龍彦の手が、スマートフォンに伸びる。

「——龍彦？」

「それに、これはもう。こっちで父親関係の画像だけコピーして、データを壊した。買い換えるしかない。新しいのは俺の名義で用意するから、今後はそれを持て」

「どういうこと？」

淡々とした事後報告に、誠実が眉をひそめる。

「落ち着くまでは、どこの誰とも連絡はとるなってことだ」

「それは、ここへ来たからにはってこと？　けど、例のニュースが気になっているから、久遠さんには一度探りを入れたいんだけど。冤罪以外でも、不自然すぎるし」

「その考えが駄目なんだ」

「え？」

「今日まで敢えて言わずにいたが、こればっかりはお前の安全のためだ。あと、俺がいいと言うまでは、ここから一歩も外へは出さないから、大人しく帳簿の山とにらめっこをしていろ。生活には不自由がないよう、充分な手配はするから」

「そんな――、いきなり、何⁉　それ、ちょっとした軟禁じゃないか。そりゃ、ここにいても不自由はないけど、自分の意思で外へも出られないって。地獄に来いって、そういう意味だったのか？」

突然明かされたとしか思えない現状に、誠実が問い返す。

すると、ここへ来て初めて困惑の中にも憤りを見せた誠実へ伸びた龍彦の手が、顎を摑むと同時にすくい上げる。

誠実は反射的に彼からの威嚇《いかく》を予期して身構える。

「――あのな。見るからに不満そうだから、はっきり言うぞ。お前は危機感がなさすぎだ。普通に考えてみろ。ある日突然、無実の人間を横領犯に仕立てるようなクソ野郎どもが、それで、はい、おしまいってなるか？　ならねぇ可能性だってあるだろう」

しかし、顔を近づけてきた龍彦から向けられたものは、恐喝《きょうかつ》や怒気の類いではなく、心底から呆れた口調。

それを察した誠実の警戒が、瞬時に解ける。

「どういうこと？」

「実は、もっと込み入った事件が背後にあって、余計な口は封じにかかる。とかよ」

「――封じに⁉」

すでに、誠実が想像した以上のことを想定して動いてきたであろう龍彦から溜め息が漏れる。

顎を持ち上げていた手から力を抜くと、そのままいとおしそうに頬を撫でてくる。

「まあ、そうでないにしても。そもそもこの横領事件の舞台は一般企業内とかじゃねぇ。国民の代表である国会議員の事務所内で起こってる。何をしてでも地位や名誉を守りたい奴しかいないようなところで、実際はいくらなんだかよくわからねぇ横領冤罪をでっち上げた挙げ句に、警察沙汰にもしないで放り出してるんだ。用心するに越したことはないだろう。第二、第三の冤罪をふっかけられることだって、ありうるんだし」

「第二、第三の？」

「下手すれば、死人に口なしってこともある。もし、最初の罪を苦にしてお前が死んだら、その後に横領の額をさらに上乗せされても、わからねぇ。三千万を十万だ、未遂だと言ってまかり通るなら、その後に調べ直したら、実は一億でしたって言っても、信じる奴は信じるってことだ。何せ、そういう内容でも脅されたんだろう。心ない者たちに、ネットで拡散されたら、嘘も事実になりかねない。冤罪の上乗せになるかもなって」

「――――!!」

言われてみればそうなのかもしれない。いや、言われるまでもなくそうなのかもしれなかった。

誠実は受けた衝撃を示すように双眸《そうぼう》を見開く。

「それに。お前が混乱しているうちに上手く消しちまえば、自殺で片付けられる。実際、俺が見つけたときのお前の状態は、遺書の一枚もでっち上げられたら、それで終了って感じだった」

こうして聞けば、誠実がたった数日のうちに、いかにして救われたのかがわかる。

突然叩き込まれた絶望の底で、膝が折れかけたときに龍彦が現れたのだ。

「確かに俺は……、どうにでもなれって思ってた。もう、このまま死んでもいいくらいの気持ちで、あそこにいた」

だが、そんな誠実の姿を目の当たりにした龍彦の中では、すでに愛憎が芽生え、渦巻いていた。

十六年ぶりに再会した初恋の相手に、当時の思いに加えて、計りしれないほどの愛が。

そして、そんな最愛の者から生気を奪い尽くした者たちへは、止めどなく湧き起こる憎しみが。

「――だろう。けど、実際のところ。憔悴《しょうすい》しきったお前は、伯父の家を出たのを最後に、姿を消している。スマートフォンも充電が切れて、通話もメールも完全に途絶えている。それこそ生きてるんだか、死んでるんだか確認が取れない状態で――。ある意味犯人からしたら、さぞかし生きた心地がしねぇだろうな。何せお前の場合、いったん正気に戻ったら、冷静に状況を判断できる。どう考えてもおかしい冤罪に対して、無実を証明するための行動を起こすかもしれない。もともと金の流れを把握するのには強いわけだし、昔の仕事柄、どこにどんな伝《つて》を持っているのかも、実際はよく知らない。犯人の想像力が豊かなら豊かなほど、疑心暗鬼になるだろう。それも、時間とともに強まるばかりだ」

龍彦が片側の口角を上げて、ニヤリと微笑む。

それは、誠実が一度として見たこともないような、悪意に満ち、それでいて嬉々とした表情だ。

「まあ、そのまま精神的苦痛を味わってもらって構わないんだが。でも、クソ意地悪い俺としては、もう一歩進んで、崖っぷちの心境を味わってもらいたかったから。お前に届いていた親戚秘書とかって奴からのメールには、一度返事をさせたんだ。そして、その後に壊して、完全に消息を絶たせた」

こうして聞く限り、龍彦は誠実をここへ連れて来た翌日から、横領冤罪の黒幕であり、誠実を追い詰めた真犯人捜しを始めていたとわかる。

「お前が差し障りのないことしか返さないのは想像ができたし。その親戚自身が犯人と関係があっても、なくても、返事が来たってことで〝誠実がどこかで生きている〟ことだけは、犯人側に伝わる。もしくは、お前のスマートフォンを使って、誰かが代わりに返事を打ったと考える。しかも、そいつはお前の無実を信じて行動した〝自分たちを疑う第三の存在〟って取るだろうから、これはこれで胃が痛む内容だ。疑心暗鬼っていうのは、一度はまると、際限なく輪をかけて陥るもんだからよ」

仕事と称して出かけていたが、それには真相究明のための動きも含まれていたのだろう。

誠実を気遣うと同時に、相手の首を真綿で絞めていくように——。

「——とはいえ。これはあくまでも犯人が、誠実の冤罪をでっち上げた事務所関係者で、そいつが自分の横領がバレそうになって誠実に罪をなすりつけたんじゃねぇの？　っていう前提での想像だ。一つでも違う場合は、筋立てがガラッと変わる。当然、誰が何の目的で？　今後は、どこの誰をどう警戒すればいいのかも、違ってくる。ようは、今の時点では、見知った奴以外は全部敵だと思えってくらいの用心深さがあってもいいってことだ」

それでも龍彦が行動してきたのは、一つの仮説に従ってにすぎない。

それを理解しているからこそ、用心に用心を重ねた結果が誠実への外出禁止だ。

一見横暴ととれる指示であっても、これこそが龍彦からの愛の証だ。

また、そうとわかると不思議なもので、つい今しがた覚えた拘束《こうそく》に対する嫌悪感も消えていく。

「だから、俺がいいと言うまで、ここからは絶対に出るな。これは命令だ」

「龍彦」

「すっかり怖がらせちまったか？　まあ、だから今日まで黙ってたんだが」

誠実の頬を撫でる大きな掌が、いつしか外耳や髪を撫でていく。

これが行為への誘いでないことは理解するも、その気になりそうな自分をぐっとこらえる。

「正直言って――。お前がここへ来た翌日から、帳簿確認に夢中になってくれて、助かってたんだ。こんな説明をして、不安を煽りたくないと思ったし。いきなり軟禁まがいなことをされたら、それこそストレスばっかりが溜まるだろう。そうでなくても、俺が見つけたときのお前は、崖っぷちを歩くどころか、飛び降りたわけだしな」

だが、目の前に集められ、積み上げられた帳簿にまで、そんな意味があったと知ったら、もはや限界だ。

誠実は自分からも彼の頬に手を伸ばす。

「それは、龍彦の腕の中だったからだよ。本当の崖っぷちだったら、足が竦んで無理だったかもしれない――」

顔を寄せ、瞼を閉じて、感謝と深愛を込めてキスを贈る。

「誠実」

「ありがとう。何から何まで……」

言葉でも伝えたあとに、もう一度。

すると、今度は龍彦からも唇を押して、抱きしめてくれた。

誠実は、今ほど自分が彼に守られていると実感したことはなかった。

しかし、だからこそ自分も彼を守りたいと思うし、そのためにもこれから蓄え、育てていかなければならない強さがいるだろうとも思う。

「なんにしても。松江事務所の様子や、ここ最近の金の流れは、すでに不破に探らせている。しばらくは組の連中が動くから、お前はそいつらの足を引っぱらないためにも、ここで大人しく帳簿チェックをしていてくれ。もちろん、事務所内のことで何か思い出したことがあれば言ってほしいが。事件に関しては、そこまでってことで納得をしてほしい」

唇を離すと、龍彦は再度釘を刺すように告げてきた。

「——わかった」

今の誠実には、同意することでしか、龍彦の手助けができない。

自分のことなのに——と、悔しさは覚えるも。こればかりは「何もしないのが一番のお手伝い」であるのは、龍海のそれと変わらない。

「じゃあ、留守を頼むぞ」

「はい」

せめてもの思いから、誠実は出かけていく龍彦たちを玄関先まで送ると、その後は自らドアのカギをかけて、チェーンをセットした。

（足を引っぱらないため。ここは、龍彦たちに任せるしかないのか——）

また、そんな誠実に、何かとついて回る龍海に微笑みかけると、

「さてと。遊ぼうか」

「うん！」

満面の笑みを浮かべる龍海を抱き上げ、リビングへと戻って行った。

7

何ができるわけではないが、少しでも現状を把握したい。

また、事件に繋がりそうなことを思い出すかもしれない——という気持ちも重なり、誠実は連日報道されるニュースやワイドショーには必ず目を通した。

だが、徹底取材による時系列での説明が入るような特集が組まれるのは、脱税が発覚した元衆議院議員の音田のことばかり。現役を続投することになった松江のことなど出てこない。

テレビを見ていると、何が正義で何が悪なのかわからなくなってくる。

龍彦から「地獄」と称されたこの世界が、誠実にとっては極楽であるように。物事の本質や表裏など、案外当事者以外にはわかりようもないのかもしれない。

「あ、龍海坊っちゃん！」

「あ〜ね〜。シャカシャカ〜」

誠実がいつものように和室で帳簿確認をしていると、天使の羽がついたカバーオールを着込んだ龍海が、そろばん片手にやってきた。

その姿に自然と笑みが浮かぶ。やはりここは極楽だ。

そのあとを帳が追いかけてくる。

「すみません。姐さん」

「いいよ。少し休もうと思ってたから。そうだ、龍海くん。今日はこれを親指と人差し指だけでパチパチする練習をしてみようか」

誠実は言葉どおり、親指と人差し指で動かしてみせる。

龍海は不思議そうな顔はしていながらも、その指の動きを真似する。

小さな指がひょこひょこ動く。

「ぱち？」

「そうだよ。シャカシャカダンスも可愛いけど、弾き方も覚えたら、そろばんはもっと楽しいからね。こんなふうに……」

龍海に興味が出てきたのを確認してから、誠実はそろばんの基本でもある一から十まで「願いましては、一円なり、二円なり……」と、足していくのを見せる。

「ふぁ～っ」

上下にパチパチ、一珠と五珠がリズミカルに動くと、龍海は目をくりくりさせる。

「姐さんの指は魔法の指っすね」

「九円なり、十円では。はい。五十五円」

「ひゃ～」

足し算の意味はわからなくとも、龍海にとっては新鮮で面白い遊びに感じられたようだ。

乳幼児の入り口としては、これで充分だ。

「たっちゅんも」

「そう。じゃあ、龍海くんもここへ来て、今のを真似してみ……⁉」

しかし、誠実が龍海を膝の上に座らせ、そろばんを構えさせたときだった。玄関から、激しくドアを叩く音が響いてきた。

(――何⁉　まさか、出入り)

誠実は反射的に龍海を抱いて身構える。

「いるか、藤極！　金取りに来たぞ‼　金だ金！　金寄こせや！」

映画やドラマのイメージしかないが、とうとう地獄の本性が現れたかと思う。

(え⁉　取り立て？　龍彦は借金でもしてるのか？)

そう。その後もドアを叩かれたり蹴られたりするも、聞こえてくるのは金銭の要求だ。

「うわっ～っ、忘れてた。今日は任俠組長のお出まし日だった！　こんなことなら、組長に姐さんや龍海坊ちゃんを連れて行ってもらうんだった」

途端に帳までバタバタし始める。

「あ～ね～っ」

「大丈夫だよ、龍海くん。俺がいるからね。それより帳くん、任俠組長って⁉」

誠実は龍海を抱いてあやしつつも、帳のあとを追いかけた。

すると、玄関のドアを開ける前に振り返り、声をひそめて説明をしてくれる。

「すみません。それは俺が勝手につけたあだ名です。ドアの向こうにいるのは、関東連合極盛会・成宮《なるみや》組の組長さん。このあたりでは古株の親分です。それこそうちの先代組長や伯父貴が若い頃からの顔見知りらしいですが——。とにかく姐さんは、龍海坊ちゃんと一緒に奥に隠れていてください。払うものさえ払えば、特に問題はない方なので」

「……そう。顔見知り——ね」

その支払いの名目がなんなのかが、誠実としては非常に気になった。

問題がある相手なのかどうかは、それ次第だ。

ただ、この場には龍海もいるので、いったんは指示されたとおりに玄関から退く。リビングから扉一枚で続く隣室側に身を隠して、様子を窺うことにした。

誠実の警戒心が伝わるのか、龍海がぎゅっと抱きついてくる。

(大丈夫。俺が守るからね)

誠実もそんな龍海を抱く腕に、力を入れた。

「藤極！　いるのはわかってるんだ、早く開けろ！　舐めてんじゃねぇぞ、この若造が！」

「はい、待ってください！　今、ご用意しますので、中でお待ちを」

その後、帳がドアを開いて、成宮とその連れをリビングへ通した。

「——ったく、何してやがるんだ。組長が来たらすぐに通せや！」

普段より対応が遅いと怒る連れの一人が、背の高い観葉植物の鉢を蹴り倒す。

その音を聞き、龍海がビクッと身体を震わせ、さらにしがみついてくる。

誠実は龍海の背を撫でながら、扉の隙間から向こうを覗き見る。

(あれが任俠組の、いや成宮組の組長とその連れか)

案内されたリビングセットには、ヤクザ映画で見るような厳つい悪役面の老人と、その護衛らしい中年男性二人が座っていた。

帳はキッチンでお茶とお菓子を用意して出すと、そそくさと誠実のいる隣室側へやって来る。

こちらの部屋に置かれたリビングボードの引き出しから、何やら分厚い茶封筒を取り出した。

「帳くん。それが返済分？　龍彦は、いつからあの人たちにお金を借りてるの？」

声が大きくならないよう意識をしつつも、誠実は単刀直入に聞いてみた。

龍海も雰囲気を察してか、ギュッと口を結んでいる。

「いえ、上納金ですよ。借金とかではないですから、姐さんはご心配なく」

帳は特に誤魔化すでもなく、支払いの名目を教えてくれた。

借金ではないから安心してください――とのことだが、誠実からすれば、この感覚がすでに世間とはずれていると思える。

理由や借入金額、利息や返済期日が明確な借金なら百歩譲ってまだしも、一方的に納めるだけの上納金とは何事だ？

しかも、引っかかったのは、そこだけではない。

「——上納金？　でも極盛会って、単体組織が集まって、他の派閥系大組織に呑まれないようにしているだけで、基本的な上下関係はないはずだよね？　なんというか、中小企業連合みたいなものだって、龍彦は教えてくれたよ。そしたら普通、同列の組同士での上納金はないよね？　あるとしても、その上位団体にあたる関東連合の会費？　みたいなもので」

「あ、はい。そのとおりです。でも、それはそれ、これはこれみたいらしいです。俺はよくわからないんですが、組長からは〝来たら渡しとけ〟とだけ言われていて——。まあ、老い先も短かそうだし、波風を立てたくないってことだと思います。成宮組は一代限りで、二代目も立てていないと聞いていますから」

組織の成り立ちからして、ここでお金の流れがあるのがまずおかしい。

だが、基本〝言われたことを忠実にこなす〟よう躾《しつ》けられている帳は、さらなる問いかけにも、さらっと答えるだけだ。これでは埒《らち》が明かない。

誠実は角度を変えて、今一度切り込んでみることにした。

「でも、その厚み。百万円くらいだよね？　千円札の帯付きで十万じゃないよね？」

「はい。さすがは姐さん、厚みでわかるんすね」

「ってことは、まさか毎月百万円？　それをずっと払ってきているの？　今後も払うの？」

「——たぶん。俺が知る限り、けっこう長く続いてるっぽいですし」

「ちなみに、領収書は貰ってる？」

「え？」

領収書という単語が出てきたところで、帳の顔が一見してわかるほど引きつった。この単語から始まるやり取りにいい記憶がないのだろう。

だが、すでに誠実のほうは、元税務署員のスイッチがオンだ。

抱えていた龍海をいったんその場に下ろして、スッと両腕を組む。利き手の人差し指を自身の腕を台代わりにしてトントンし始める。

「じょ、上納金ですからないっすよ。その手のものは」

帳の中で一気に緊張が高まり始める。

眉間に皺を寄せた誠実を見上げる龍海が、一生懸命にその表情を真似ている。が、それを見てもクスリとさえ笑えないでいる。

「——は⁉　何それ。そしたら仮にあの組長が百まで生きたら、これからまだ二億くらいは払い続けるってこと？」

「そ、そうなるんですかね？」

すっかり逃げ腰な帳。自分が責められているわけでもないのに、完全に語尾が震えていた。

もはや誠実が無意識のうちにやっている指トントンを恐怖対象として認識しているのだろう。

かなりのトラウマだ。

「何、簡単に答えてるんだよ。その二億を稼ぐのに、龍彦や君たちがいったいどれだけ働くと思ってるの？　龍彦が何をして稼いでるのかはよくわからないけど、少なくとも帳くんが一人で稼ごうと思ったら、うまくしても四十年はかかるかもしれない大金なんだよ。大金！」

「――っ」

だが、ここへきて誠実は、理不尽な支払いに対して無頓着《むとんちやく》すぎる帳にも、腹立ちが隠せなくなっていた。「こんな簡単な計算もできないのか」と言わんばかりに目を光らせる。

だからといって、現金を預けて支払いを命じているのは龍彦だ。ぺいぺいを自負する帳に、個人的な判断など、できるはずがない。

しかし、ここでそのことを主張しない限り、スイッチの入った誠実から逃れることは不可能だ。

なぜなら税務関係にだって、様々な救済措置があるにはあるが、そのほとんどが自己申告を必要とするものだ。税務署側からご丁寧に個々の事情を察して便宜を図《はか》るなどということは、まずない。

また、その必要もないのがお役所勤めであり、誠実はそこで心身ともに磨かれてきたのだ。

こと、金が絡んだら、ナチュラルに冷酷無比だ。目の前にある現金及び事実以外は、まるで見ようとしない。

「それに、その稼ぎからは、基本の所得税、住民税、年金、消費税もろもろが引かれていくから、実際はもっとかかるだろうね。それなのに、成宮組長は無税の手取りでこれだけぼったくるってアリなの？　いや、ないでしょう。第一、あの顔。絶対に脱税してやがる。絶対にだ」

「ね、姐さん。なんだか目つきがやばいっす。ってか、今ここ。脱税は関係ないシーンかと」

「あん？」

「いえ……、そうですよね。関係ないわけがないですよね！　この国に住んでいる限り！」

「まあね。ただし、うちからしこたま巻き上げて、優良納税者気取りとか、もっと有り得ないからここは許してもいいかな。ってか、これ以上うちから搾取《さくしゅ》するなら、担当税務署にたれ込んで、全財産差し押さえさせてやるけどさ」

しかも、ここへきて基準が変わったのか、誠実が主張する正義は、微妙に矛先が歪んでいる。

今の帳からすれば、強面《こわもて》の成宮たちより、よほど怖い存在のはずだ。

「いや、それでもこんな使途不明金は、こっちの支払い損だ。これ、貸して。ちょっと交渉してくるから」

誠実は帳の手から茶封筒をふんだくると、自ら成宮のもとへ出ていった。

「あわっ。姐さん！」

「あーねー」

帳が龍海を抱えて追いかけたときには、もう遅い。誠実は茶封筒を片手に成宮たちの前に立っている。

「失礼します。成宮組長さんですか」

あえて対面に着くことなく脇へ立ったが、見下ろす姿勢がもはやマウンティングだ。客人への敬意はない。

「なんだ、お前は？　見ねぇ顔だな」

それでも相手もさるもの、年の功か、成宮はビビる様子もなく、誠実を見上げる。

また、誠実がどんなに圧をかけたところで、同業には見えないし、危険な印象は感じなかったのだろう。成宮の連れも、警戒はしてこない。

「私、今月より当家の金銭を管理することになりました、佐々木と申します。以後、お見知りおきを」

「ほう。ってことは、今後はお前がうちに届けてくれんのか。そりゃ楽だ！　わざわざ足を運ぶ手間が省けるってもんだ！　なあ、お前ら」

「へい！」

挨拶がてら目を細めるも、完全になめてかかられる。

だが、この程度のことで感情を荒立てる、もしくは怯えていては、役所の窓口など務まらない。ましてや税務署勤務のあとには、横領冤罪をかぶせてくるような政治家の事務所勤めだ。ありとあらゆる面倒なタイプの人間に、自然と慣れるというものだ。

「そんなわけがあるか。図に乗るな」

思わず心で思ったことが声になる。

「あん？　なんだとテメェ！」

「どうしましたか？　何か気に障ることでも？」

自分ではまったく気がついていないのかと思うほど、誠実は真顔で、それもにっこりと微笑んで答える。

これには見ている帳のほうがドキドキだ。

龍海に至っては、強面な男たちに立ち向かっていく誠実にすっかりワクワクしている。

「……いや、空耳か」

誠実の見た目に引きずられてか、成宮は首を傾げながらも、納得してしまう。

「それより、金はどうした」

「つきましては、そのことでご相談が――」

しかし、誠実の勝負はここからだ。

手にした厚い茶封筒をチラつかせながらも、成宮に商談を持ちかける。

その顔には、帳が見たこともないほど美しい冷笑が浮かんでいた。


それから一時間もせずに、成宮たちは意気揚々《いきようよう》と席を立った。

「よし、わかった。それじゃあ早速、今から行くか。ここ何年も、大人しくしてたからな～っ。

久しぶりにブイブイ言わせてやるぜ。腕が鳴るってもんよ！　なあ、お前ら」

「――へい。組長」

「それでは、よろしくお願いします。このたびはご足労いただきまして、本当にありがとうございました」

「おう！　いいネタをありがとうよ！」

誠実は彼らを玄関先まで見送り、ドアを閉めると、「ふふ」っと声に出して笑い、万歳のような伸びをしてリビングへ戻る。

「やったーっ。これでひと安心。今後、龍海くんが怯えることはないし、藤極組の懐も痛まない。成宮組長は一生の金づるをゲット。その上俺は、自分の手を汚さずに松江たちに仕返しができる。一石二鳥どころか四鳥だ！　今こそ思い知れ、冤罪の恨み！　理不尽なお金なんて、一円も払ってやるものか！」

そう言ってはしゃぐ誠実は、ここへ来てから一番愉快そうな笑顔だ。

まるで、憑《つ》きものから解放でもされたようだ。

「ちゃ〜っ」

それを見た龍海も一緒に踊りはしゃぐ。

意味などわからなくても、誠実が嬉しそうなら、龍海も嬉しい。ただ、それだけだ。

「あ！　これまで払ってきた上納金。継続して払っていると思って、龍海くんの学資保険や積み立てにしていこうね～。本当、世の中いつ何が起こるかわからないからね。お金はいくらあってもいいし。そう考えたら、一石五鳥かもね～っ」

「きゃ～っ」

しかし、誠実と成宮の商談を一部始終見ていた帳は違った。

序盤《じょばん》はドキドキ、ハラハラだったが、中盤からは想像もしていなかった高揚が湧き起こり、終盤で決着がついたときには、思わず目頭が熱くなって小さくガッツポーズ。

今も着けていたエプロンの裾を握り締めて、唇を震わせている。

「――すごい。すごすぎますよ、姐さん。どうしたら、いきなりあんなことを思いつくんですか？ご自分が松江たちから着せられた横領冤罪を強請《ゆすり》のネタとして、今後の上納金代わりに成宮組に譲渡するとか。しかも、自分は三千万をふっかけられたけど、利子は好きなだけつけて要求していいとか。先方にしらばっくれられたら、国税やマスコミにリークする準備があるとか、交渉のポイントまで伝授して！　それも冤罪被害者として、よよっとひと泣き。成宮組長の正義感や漢気を奮い立たせつつ、調子よく勢いづかせて、そのまま取り立てに行かせるなんて！　成宮組長、俺が知る限りでも、過去最高に機嫌よく帰って行きましたよ！　でも、そりゃそうですよね‼　大口の金づるを貰った上に、悪党から金を返してもらうだけだから、恐喝の罪の意識もないに等しいでしょうし！　本当に一石五鳥です」

ようは、こういうことだ。

誠実にしても、その場しのぎの思いつきだったが、ことのほか上手くいった。

藤極組へ上納金をせしめに来た成宮組長だが、いざ話してみると、自分より目下の者がややこしいことになっているとあれば、一肌脱ぐぜ――という、昔ながらの極道気質《かたぎ》だった。

しかも、誠実が幾度となく強調した「うちのような若輩《じやくはい》組が真っ黒政治家の松江と交渉をするよりも、きっと成宮大親分が直々に動くほうが、大金を引き出せると思うし……」と、弱々しく煽ったことが、効果てきめんだった。

ただの横領冤罪の強請ネタ譲渡なら面倒がって渋ったかもしれないが、誠実が成宮自身を持ち上げられるだけ持ち上げたものだから、今後の上納金代わりに引き受けてくれたのだ。

「実際、どこまで引き出せるかは成宮組長の腕次第だけどね。でも、あれだけ善人面して記者会見をしたあとだ。事実がバレた日には、反動も大きいだろう。そうなったら議員辞職だけでは済まされない。そうしたリスクを覚悟して警察に駆け込むにしたって、ヤクザからは逃げられても、国民からは逃げられないよ。まあ、どこを落としどころにするかは、双方次第だ。仮に、思ったより成宮組長が松江からぶんどれなくて、再びうちに上納金をせびりに来たとしても、四、五千万は松江が支払ってくれるだろうから、浮いた分は貯蓄に回せるしね」

それでも、用心に用心を重ねることは忘れていない。再び成宮が上納金をせびりに来るかもしれないことまでは、想定済みだ。

だが、それでも誠実からすれば、多少なりとも松江がオラオラされて怖い思いをし、その後もいつ真相が世間にバレるのかに怯えてくれれば、飯ウマだ。

仮に、一生強請られることを恐れて、松江が政治家生命を絶って警察へ逃げたとしても、それはそれで「ざまあみろ」だ。

場合によっては恐喝容疑で成宮に逮捕状——という可能性もあるが。そこはもともと古株のヤクザなのだから、それなりに逃れるノウハウがあるだろう。

あれだけ威張っていたのだから、自分たちでどうにかできる伝くらいあるだろう——と。

「姐さん、素敵！」

「あ～ね～。わーいっ」

「ふふっ。落ち着いたところで、おやつにでもしようか」

いずれにしても他力本願ではあるが、誠実は自らの策で松江とその事務所に報復ができることになる。

しばらくは、毎月の取り立てに龍海が怯えることもないだろうし、次に成宮が来るまでに新たな対策を用意しておけばいいという時間稼ぎにもなる。

「ちょっと待て。今の話、どういうことだ⁉」

ただ、これらの話を耳にし、顔色を悪くする者がいた。

「え？　龍彦——。お帰り。気がつかなくてごめんね」

いつの間に帰宅したのか、龍彦だ。

どうやら隣の玄関を使って入ってきたらしい。リビング続きの扉から現れたので、今の今まで誠実はおろか帳さえも気づけなかったのだ。

背後には不破もいる。

一緒に出かけた辰郎は別行動なのか、まだ帰宅していない。

「いや、それよりも成宮組と松江って？　何がどうして、この二つが繋がったんだ？　接点なんてないだろう？」

「だからそれは……、俺が繋げちゃったんだけど」

「誠実が繋げた？」

突然の話に戸惑う龍彦に、誠実は今し方起こったことを説明した。

しかし、それはますます龍彦の顔色を悪くする。

「それで成宮のじいさんをはしゃがせたのか！　しかも、その足で松江のところへ取り立てに向かったとか――。不破！　今すぐ誰かを止めに行かせろ！　同時に直接電話も入れて、思いとどまらせろ！」

「はい！」

見たことがないほど慌てる龍彦に、誠実も焦り始める。

恐喝による取り立てが、そこまでまずかったのだろうか？　と。

「――え？　どういうこと？　駄目だった？　もしかしてあの成宮組長って、お金だけでなく命まで取るタイプ？　そういう凶暴な組長だったとか？」

「いや、その逆だ。今行ったら、命を落としに行くようなもんだ」

「命を――。落としに行く？　え、成宮組長のほうが？」

だが、龍彦から受けた苦笑交じりの説明は、さらに誠実を困惑させるだけだった。

動揺から帳に視線を向けるも、彼も同じだ。言われていることの意味がわからないと、首を振ってみせる。

すると、龍彦が一呼吸してから、話を続けた。

「実は、誠実の横領の件を探っていたら、松江と鬼東会《きとうかい》が繋がっているのがわかったんだ」

「鬼東会？　それって確か、関東連合の大派閥のひとつだっけ？」

「そう。詳しいことは、このさいあとだ。ただ、それがわかったから、俺もお前の件で松江に報復する前に、鬼東会へ筋を通そうと思って、どの程度の関係なのかを探っていたところだった」

誠実は龍彦の説明を聞きながら、つい先日教えてもらった関東連合の組織図を思い起こした。

その名のとおり、関東に根をはる極道組織の連合図なのだが、その派閥系統には大きく分けて磐田会《いわたかい》、覇王会《はおうかい》、四神会《しじんかい》、鬼東会、極盛会という五つがある。

龍彦率いる藤極組は極盛会に属しているが、これは中小企業連合のようなもので、分家や舎弟組織を持たない単一組織の集まりだ。成宮組もこれに属する。

また、これに近い組織性を持つのが四神会で、こちらは組名に四神の一文字が入る単一ないし、それに近い組織が集まっている。

残りの三つは、一組織だけで本家が分家と舎弟組織を抱える大組織だ。

総長から末端までを含む構成人数も多く、そのうちのひとつである鬼東会が藤極や成宮とは比べものにならないことは、図を見ただけの誠実でもわかること。これこそ、数字だけを客観的に見るほうが理解しやすい力の世界だ。

「ただのビジネスライク、金だけの繋がりなら、俺のほうが総長の鬼屋敷《おにやしき》さんやその血筋の分家組長・宿城《やどしろ》なんかとも仲がいいし、話も通しやすい。ぶっちゃけ、被害に遭ったのが俺のイロだってわかれば、俺自身が鬼東会へ流れた金を立て替えることで、松江から手を引いてもらえる。だが、これが義理だ恩だって繋がりになると、そうはいかない。俺が松江と対峙《たいじ》する前に、鬼東会と向き合うことになる」

それでも、数字や規模だけでは計りきれないのが極道の世界——義理人情と絆《きずな》の世界だ。

そういう意味では、組織の大きさとは関係がなく、龍彦自身も鬼東会の幹部たちとは日頃から交流があるらしい。

だが、それが松江と鬼東会の間にもあった場合、鬼東会は松江と龍彦との間に挟まれる。

しかも、どちらとの縁がより濃いのかは、鬼東会にしかわからない。

それもあり、龍彦は用心深く調べていたのだろう。

誠実には内緒で、毎日の仕事と称して黙々と——。

「その鬼東会が、松江を庇うから？」

「場合によってはな。かといって、俺も鬼屋敷さんも馬鹿じゃない。互いの組員を巻き込んでまで、今どき戦争なんてしないし。いいところ鬼東会の顔を立てて、松江から謝罪をもらうくらいがせいぜいだ。誠実には申し訳ないし、俺自身も心底からは納得はできねぇが、冤罪をかけられた分くらいの慰謝料をぶんどって、手打ちってことになる。まあ、それでも鬼東会には恩が売れる。マイナスにはならないと割り切るしかない——ってことで」

龍彦は、予想できるパターンをいくつかに絞っている。

「ただ、成宮のじいさんには、俺のように鬼屋敷さんとの関係もなければ、松江を本気で締めてやりてぇ理由がない。金だけのために動いている分、鬼東会も容赦《ようしゃ》しねぇだろうからな」

誠実は、ようやく龍彦が慌てた意味を理解した。

「今、松江のところへ恐喝に行ったら、鬼東会が擁護《ようご》に出てきて、返り討ちってこと？　けど、それって上納金を無心されてきた龍彦や組にとっては、都合がいいことじゃないの？　俺は、そう思って、松江に嗾《けしか》けたのもあるんだけど」

だが、そもそも龍彦が成宮を守りたい理由がわからない。

誠実にしては独断で動いてしまった意識はあるが、そうした一番の理由は龍海のためにも、あの手の取り立てとは縁を切りたかった。龍彦や組員たちの負担になるものを、少しでも遠ざけたかったからだ。

松江を結びつけてしまったのは、安易だったかもしれない。

しかし、誠実からすれば、成宮を松江に向かわせることで、龍彦が向かう必要がなくなる。これ以上、変なことに巻き込まずに済むという考えがあったのも確かなことだ。

「それは、ごめん。俺の説明不足だ」

すると龍彦は、いっそう申し訳なさそうに説明してきた。

なんと、成宮がここに取り立てに来るのはパフォーマンスだけのこと。

昔からの付き合いやよしみがあるので、成宮の自尊心や漢気を立てるために、上納金という名目で老後の生活援助をしていただけだと言うのだ。

「え⁉　そんな……。ごめんなさい。本当に、すごい勢いで来たから、龍海くんも怯えていたし――。まさか、そんな……。あれが身内にするような生活援助金だったなんて思わなくて。それに、月に百万円って大金だったし」

一瞬ではなかなか理解しがたい説明ではあったが、龍彦が言うのだから間違いはない。

また、考えようによっては、だからこそ成宮が意気揚々と松江のもとに向かったとも考えられる。上納金の取り立てで生計を立てていくより、松江への恐喝取り立てのほうが、よほどヤクザとしての自尊心は満たされるだろう。

むしろ、これで龍彦に恩が売れるなら――いや、日頃の恩返しができるくらいには、考えていたかもしれない。

「けど……。そのお金で高齢化している組員たちの生活費の足しにしたり、組の維持費までまかなってたってことは、実質、藤極の傘下として面倒を見ていたようなものだよね？　本当にごめんなさい」

昔からの付き合いだけで、こうして面倒を見続けるというのも、正直誠実にはよくわからない世界だった。

しかし、国が面倒を見てくれるとは思えない極道社会の老後だけに、こうしたことがあっても、あながち不思議ではないのかもしれない。

それに、自分が知らないだけで、過去に命がけで助けてもらったなどのいきさつがあったのかもしれない。そもそも杯を分けた義兄弟などという言葉もあるくらいだ。

そうなれば、自ら面倒を見ることを買って出ている龍彦や辰郎が承知していればよいだけのことだ。

これればかりは、誠実が口を挟むことではない。

「許してください、組長！　姐さんはそんな裏事情があるって知らなくて。俺も、まさか組長にそんな思惑があっただなんて知らなくて。でも、これは全部、成宮組長が来たら素直に金を渡すように任されていたのに、それをしなかった俺の責任すっ！　落とし前は、この俺が！」

ただ、こうした理由や経緯がわかったことで、誠実以上に責任を感じてしまったのが帳だった。

突然、キッチンへ走ると包丁を手に取った。

これには龍彦がさらに血相を変えて追いかけ、止める。

どうも彼の周りには、自責の念に駆られがちな天然男児が多い。

組長とはいえ、龍彦の気苦労が知れる。

「だから、物騒なものは厳禁って言っただろう！　これはしまえ！」

「でもっ」

「いや。もういいって！　この件は、そもそも俺と伯父貴と成宮組の若頭しか知らないことなんだ。誤解されても仕方がねぇんだよ」

「え？　三人だけ？」

「もし、お前に事情を説明したら、どうしても態度に出るだろう。その、命がけで粋がってるような老人に、変な親切心を起こして〝はいはい〟みたいな対応になるだろうし。下手すれば、同情ダダ漏れで接しちまう。けど、それじゃあ成宮のじいさんのプライドをへし折りかねないからよ。こればかりは、理解してくれって言うのも難しい変な漢気だ」

「――そんな」

事情を打ち明けられていなかった帳が、その理由を知って脱力してしまう。

龍彦が包丁を取り上げて流しへ落とすも、その場で力尽きたように座り込む。

しかし、それを見ていた誠実が、意を決したように身を翻《ひるがえ》す。

「あーねーっ！」

「っ!!」

「――って、誠実!」

するど、先に何かを予感していたのか、誠実の利き足に龍海がしがみついていた。

駆け出すことさえできずに、足を取られてスッ転ぶ。

誠実はキッチンから飛び出してきた龍彦に、そのまま腕を掴まれて、上体を起こされる。

「どこへ行く気だ」

「松江の事務所……。お願い、行かせて。俺が成宮組長たちを連れ戻す」

「馬鹿を言え!」

「あーねっ、めっ!」

「だって! 俺が余計な画策をしたから。事情も何も知らないのに、これで一石五鳥とか浅はかなことを考えて、実行したから!」

二人がかりで止められるも、誠実はいても立ってもいられない。

「誰も、お前が浅はかだなんて思っちゃいねぇよ。成宮のじいさんが、正真正銘敵対組織の、弱い者いじめで金を巻き上げてるような奴だったら、さすがは誠実だ。自分の手を汚すことなく、敵同士をぶつからせるなんて、これ以上の策士は見たことないぜって、俺のほうが浮かれる」

「でも……。成宮組長は、悪役面のオラオラでも、本当はいい人なんだろう。少なくとも、先代さんや伯父貴さんは世話になっていて。それなのに、俺がたきつけたせいで、もしも鬼東会に捕まったりしたら……」

どんなに龍彦が理解し、誠実の選択自体が悪かったわけではないと説得されても、これはかりは感情的な問題だ。

他力本願で一石五鳥と浮かれた自覚があるだけに、誠実はどれだけ自分が無責任なことをしてしまったのかと、猛省するばかりだ。

今となっては、後悔しかない。

「組長！　追っ手が間に合いませんでした」

しかも、そこへスマートフォンを片手に不破が戻ってきた。

「——というか、鬼東会の鬼屋敷総長から直電です」

息詰まったような声で、着信が入ったであろう、それを差し出す。

「なんだと⁉」

それしか言いようがないまま、龍彦は不破からスマートフォンを受け取った。

「もしもし。藤極です」

こんなに重い電話応対は初めて聞いた。

その様子を誠実は、固唾を呑んで見守った。

8

「——では、俺が行くまで、どうかよろしくお願いします」

東の鬼武者軍団とも呼ばれる関東連合・鬼東会七代目総長・鬼屋敷十蔵《おにやしきじゅうぞう》と龍彦の通話は、ものの数分で終わった。

龍彦は主に「はい」「そうです」などの相槌《あいづち》しか打たなかったため、その場にいた誠実や不破、帳には、会話の詳細はいまいちよくわからない。

「成宮のじいさんと組員がとっ捕まったから引き取りに行ってくる。なんでも先に松江の事務所に電話を入れて〝横領の件をバラされたくなければ、金の用意をしておけ〟と伝えて乗り込んだところを、松江に呼ばれた鬼東会の組員に待ち伏せされたらしい」

通話画面を閉じてから、龍彦はスマートフォンをスーツの内ポケットにしまった。

話の内容を説明しつつ、不破には目配せを送り、何かを取りに行かせる。

出かける準備のようだ。

一瞬それを目で追うも、誠実はすぐに視線を戻す。

「それで成宮組長たちは今、どこに?」

「そのまま鬼東会の本家へ連行された。ただ、じいさんが〝藤極四代目姐の落とし前をつけに来ただけだ〃と騒いでいたから、変に思った組員が上へ報告。それで総長が直接俺に事情を聞いてきたって流れだから、いきなり物騒なことをされる心配はない。そこは俺からも頼んでおいたし、大丈夫だ」

「四代目……姐？」

「俺が〃姐さん〃と呼んでいたのを聞いていたのかも。でも、よかったです。成宮組長のその一言があるかないかは、そうとう大きかったと思います」

引っかかりを覚えて問うと、帳が答えてくれる。

「確かにな。横領の件だけなら、どこかでネタを仕入れた金目当てかで終わる。だが、落とし前ってなったら、少なくとも先に何かをしたのは松江のほうだとわかる。それが俺のイロに対してのことだとなれば、一応事情は聞こうって流れになるからな」

龍彦の解説もわかりやすい。

誠実はすぐに〃なるほど〃と納得ができた。

少なくとも松江から呼ばれた鬼東会組員は、用心深いし、聞く耳を持っている。

また、その上に構える総長もそれは同じだ。

「用意ができました」

——と、ここで不破が戻ってきた。

誠実には彼が何を準備してきたのか、まったくわからない。

「とにかく今から行って、連れ戻してくるから」

「龍彦！」

「心配はいらねぇよ」

何か一つでもわからないことがあると、それが不安を煽る。

しかし、そうした誠実の気持ちをいち早く理解し、声をかけてくれるのが龍彦だ。

そして、それを後押しするように、不破も頷きながら「大丈夫ですから」と合図をくれる。

「悪いが待機で頼むぞ。帳」

「はい。いってらっしゃいませ」

「いってらっしゃい。龍彦。不破さん」

「くーちょー、ふーわー、いっしゃーい」

誠実はここでも、帳と龍海と一緒に待つしかできない。

だが、仮に同行させてもらえたとしても、こうした際のしきたり一つわかっていない自分では、ただの足手まといになるだけだ。かえって龍彦たちの邪魔になる。

「あーねっ」

「はいはい」

それならここで龍海の子守に徹していたほうがいい。それくらいのことはわかる。

誠実は、両手を挙げる龍海を玄関先で抱っこし、お尻をポンポンしながら、リビングへ戻った。

龍海のカバーオール越しに感じるオムツパンツのパフパフした感触が、不思議な安堵感を与えてくれる。

「大丈夫ですよ。組長があぁ言ってるんですから」

「そうだね。それにしても、成宮組長がここを出てから、まだ一時間も経っていないよね？　いろいろと起こるのが、早くない？」

だが、多少でも落ち着いてくると、ふと気になった。

「あ、はい。実は、ここ。松江の事務所や鬼東会本家とは、けっこう近いんです。それこそ徒歩でも行けるし、車なら五分程度かな？　川を挟んで、向こう側に事務所と本家がある感じで」

「――ってことは、ここ。安楽町《あんらくちょう》か仙郷町《せんきょうちょう》あたりってこと？」

「安楽町です」

「え、そうなの!?　でも、帳くんの確定申告で見た住所は、品川《しながわ》だったよ。だから俺は、てっきりここもそうなのかと。あれって、このマンションの住所じゃなかったんだ……」

思いがけない返事に、ただ驚く。

そんな誠実に釣られたように、龍海まで「へ～」と言っているが、相変わらず意味はわかっていなさそうだ。が、それがもはや愛しい要素の一つでもある。

「はい。品川は実家の住所っす。俺自身はここに住み込み勤めをしていますが、住所は実家から移していないので」

「そうだったんだ。それにしても同じ町だったとは……」

よくよく思い返せば、誠実はこのマンションへ来てから、ベランダへ出るどこか、窓から外を見るといった居場所の観察をしていなかった。

一度は自宅に荷物を取りに行ったが、乗り降りしたリムジンの窓にはスモークガラスに洒落《しゃれ》たカーテンがかかっている。また、マンションに出入りする駐車場も地下だ。

だが、だから何も気がつかなかった、というわけではないだろう。

単純に、外に興味や関心そのものが湧かなかったのだ。

それほど誠実は、自分が思う以上に、元の世界とそこでの人間関係に愛想が尽きていた。

ここでの生活と人間関係があれば、それでいい――という心理になっていたのだろう。

自ら求めたとはいえ、目の前には大量の仕事も用意されていたし。

とはいえ、これが自らの意思によるものだったとしても、川一本を挟んだ向こうに自分が罪を着せられ追い出された松江の事務所やその選挙区があることには、心底から驚いた。

しかも、同じ地域内に鬼東会本家があるというなら、この二者の関係は、昨日今日始まったものではないかもしれない。

（確かに松江はサラリーマン上がりの国会議員だ。二世議員ではない。しかし、政党という視点で見た場合、今の地盤を前任者から受け継いだことだけは確かだ。場合によっては、鬼東会との癒着付きで地盤を引き継いだ可能性がある。そうなると、龍彦が危惧《きぐ》していた恩だ義理だ長年の付き合いだという、ややこしい関係が発生する。俺が松江の事務所で任されていた帳簿だって、完全に二重帳簿の表向きのものだったかもしれないし——。もしかしたら、俺自身が気付かないうちに、裏帳簿に近づいていた可能性もある。いずれにしたって、ありもしない横領をでっち上げられたところで、不正が行われている点ははっきりしている。ただ、そこまで上手く立ち回れる人間が、あそこいたかかな？　というより、これくらいのことなら、もう龍彦は調べ済みだよな？　多分）

誠実は、改めて自分が置かれていた立場と、周りの者たちの顔を思い出す。

すると、思考を遮るようにピンポーンと、インターホンが鳴った。

「——辰郎さんかな？」

思いつくまま口走ると同時に、誠実は龍海を抱えたまま振り返る。

「あ、姐さん！　俺が」

「それよりお茶と、龍海くんにおやつをお願い」

「おっちゅ～っ」

辰郎と聞いて喜ぶ龍海と「一緒にお帰りなさいをしようね」と玄関へ向かう。

「はい。お帰りなさい。辰郎さ——!?」

だが、龍海を片手に抱き直し、ドアを開いたときだった。

「ひっ!!」

力いっぱい扉を引かれて、体勢を崩す。

「助けに来た。さ、早く」

「え⁉　久遠さ……‼」

ナイフを手にした久遠を目にしたときには、ドアノブを握りしめていた腕を摑まれていた。

「あーねっ」

誠実は咄嗟に片膝を折り、身を低くした。

いっそう強く腕を引かれる寸前のところで、抱えていた龍海を玄関内へと転げ下ろして、自ら素早く扉の外へ。そして、閉める。

同時に力強く腕を引かれて走らされるが、凶器を持つ久遠と龍海の距離を取るには、これが最善策だった。

「うぁぁぁぁんっ！　あーねーっっっ‼」

扉を叩いて泣き叫ぶ龍海の声が、耳に刺さる。

「——え⁉　龍……、姐さん！」

その後に驚愕する帳の声が微《かす》かに聞こえた気がしたが、そのときすでに誠実は久遠によってエレベーターの中に引き込まれていた。

「どうして……、あなたがここに？」

「助けに来たと言っただろう。さ、こっちだ！」

最上階から一気に地下の駐車場まで下りると、再び腕を引かれて、今度は車の助手席へ押し込められる。

（――久遠さんは、成宮組長の脅迫電話で、何か勘違いをしたんだろうか？　それで、俺を助けに来たって？）

他には誰もいなかった。

久遠が単身で乗り込んできただけだった。

しかし、誠実は久遠が車を出してもナイフを離さなかったため、今だけは彼に従った。

自分からは何も言わず、まずは次に車が止まるのを待った。

一方、龍彦と不破は、自宅マンションのある安楽町から川を挟んだ仙郷町の一角を訪れていた。

近年では、三代続けて住んでいるような地元民もめっきり減ってきたためか、町民の中には老舗《しにせ》の高級料亭旅館と信じて疑っていない者たちがいるほど、見事な日本家屋に庭園を持つ鬼東会本家――鬼屋敷宅だ。

到着早々、ダークスーツ姿で敷居を跨《また》いだ二人は、組員たちのボディチェックを受けてから、奥の部屋へ通された。

百畳はあろうかという畳敷きに膝を折るも、床の間に代紋を描いた掛け軸がかかっている以外、家具らしい家具はひとつもない。

事務所から加勢を呼ぶわけでもなければ、武器も持たずに身一つで乗り込んで来た龍彦と不破からすれば、これこそ逃げも隠れもできない場所だ。

そこへ、上座を除いて三方をぐるりと囲むように立つ、四、五十名の黒服の男たちとなれば、鶴《つる》の一声で蜂《はち》の巣にもされかねない状況だ。

逆を言えば、いかに龍彦たちの腹が据わっているかを、見せつけるかのような光景でもある。

また、それもあるからこそ、総長・鬼屋敷も自らこの場に現れ、目の前に立った。

鬼武者軍団の筆頭と呼ばれるその顔は厳つく、身体も大柄で、存在そのものが威圧的だ。

しかし、その着流し姿は堂に入ったもので、龍彦たちの目から見ても惚れ惚れするほどだ。

極道にも品格があるとするなら、〝上に立つものはやはり違う〟と思わせる。

充分な貫禄を兼ね備えた、関東連合内でも重鎮《じゅうちん》の一人だ。

「まずは、事情を説明してもらおうか。成宮のじいさんから聞いても、その連れから聞いても、正直言ってよくわからねぇんだ」

また、本日の鬼屋敷は、分家筆頭の宿城組組長で、軍団一の色男の呼び名も高い宿城乗兒《じょうじ》も同伴させていた。

洒落た眼鏡にダブルのダークスーツ姿がよく似合い、インテリジェントな艶を放つ彼は、龍彦よりは少し年上だが、日頃から交流がある。

少なくとも、鬼屋敷よりは龍彦と縁が深いことから、不破などは一応の助け船として連れてきたのだろうか？　と、考えたほどだ。

だが、それが甘かったことは、すぐにわかる。

鬼屋敷同様に目の前に立つと、話を切り出してきたのが宿城だったことで、松江事務所と直接通じているのが分家の宿城組だと理解できたからだ。

むしろ鬼屋敷は、この場を提供することで、見届け人として同席してくれたに過ぎない。

「龍彦。いったい、何がどうして、こうなった？」

宿城は、特に龍彦たちを威嚇《いかく》する気配もなく、普段どおりに話しかけてきた。

しかし、正座をする龍彦を上から見下ろすように立ったままの姿勢でだ。

それもあり龍彦は、「ちょっと長くなりますが」と前置いてから、順序立てていことのあらましを説明する。

少なくとも、今回の一件で誰が一番の被害者で、また加害者なのか。

これだけは明確にした上で、ここからの話に応じてほしい――と。

「――ほう。それはまた、ややこしいな。まさか松江の事務所も、冤罪をふっかけた事務員のバックに、お前がいるとは想像もしていなかったんだろうが……。でも、まあ。話はわかった。年甲斐もなくはしゃいだ成宮のじいさんたちは、このまま無傷で返してやる。どう見ても、何の役にも立っていねぇし。俺からすれば、お前の足を引っぱっただけ。俺に一つ貸しを作らせることになっただけだからな」

そうしてひととおりの話を聞くと、宿城がさらりと答えを返した。

その見た目だけにとどまらず、かなりのインテリだ。

状況を理解するのも早ければ、和解策を提示するのもとても早い。

「――ってことで、松江のほうは諦めろ。むしろ、ここで諦めて、俺の顔を立てておけ。お前は馬鹿じゃない。ここで引くのが一番得だってことくらいは、計算できんだろう」

だが、そう言って肩を叩いてきた彼の手を、龍彦はスッと弾く。

一瞬にしてその場の空気が一変する。

周囲の男たちの中にも、緊張が走る。

「いや、ですから。それはそれで、これはこれで願いたいってことで、こっちも腹をくくって、それなりの用意をしてきたんです」

ピリピリとした空気の中、龍彦が懐に用意してきた小切手を取りだし、宿城に差し向ける。

「まずは一億。成宮のじいさんたちの迷惑料に、松江との手切れ金の一部です」

「一部？」

「俺としては、同じ鬼東会でも、松江の担当が傘下の末端程度だと有り難かったんですが。さすがにナンバーツーである宿城組じゃ、これ以下のはした金で使われてるなんてことはないでしょう。まあ、そうは言っても、通じているのは松江の事務所というよりは、その背後で選挙区内の席数をコントロールしている所属党の支部や後援会ってところでしょうが」

思わず本音とともに苦笑が漏れる。

事務所と組の関係に関しては、誠実も想像していたとおりのようだ。

ただ、松江の事務所の規模程度なら、これでも釣りがくるだろうと思って来ただけに、宿城の登場は想定外だ。交渉するにしても、随分高くつく。

「まあ……、な。それこそ俺や総長が生まれる前の、もっと裏と表がズブズブな関係の時代からの名残みたいなもんだ。けど、それがわかったら、金じゃあどうにもならないってことは、わかるよな？　縁は縁でも、腐れ縁ってやつだ。現役引退したような長老たちが、いまだにつるんでんだから、どうしようもねぇんだよ」

しかも、宿城は小切手の受け取り拒否を示すように、自ら両手を組んだ。

ならばと龍彦は、小切手を持つ利き腕ごと差し出すように突きつける。

「もちろんです。金の上に、俺の指でも腕でもつけますんで、持っていってください。ただし、今この場で松江や事務所関連とは縁を切ることは約束してください。その後に俺が奴らに何をしたところで、いっさいの手出し口出し無用で見なかったことにする――と。金はどうだかわからねぇが、少なくとも俺の腕には、それくらいの価値はあるでしょう。これでも東西の隅々にまで〝一騎当千〟を認められる腕っ節。決して安くはねぇはずだ」

立場は踏まえるも、まるで譲歩する気のない龍彦。

これには宿城も目つきを変えると、突きつけられた小切手を奪い取る。

その場で破り捨てて、足下へ落とす。

その光景に誰もが目を見開くが、交渉は決裂だ。

龍彦は表情こそ変えなかったが、ギリギリと奥歯を噛み締めている。

「ふん。お前も熱いな。イロって言っても男だろう。初恋の幼馴染みは、そんなに可愛いか」

話を逸らしたいのか、多少なりとも場を和ませたいのか、宿城が溜め息交じりに投げかける。

両腕は再び胸の前で組まれたが、ここは手を上げるつもりがない証だ。

それがわかるので、鬼屋敷も周囲の男たちも黙って見守っている。

「聞くだけ野暮ってもんです。立場を変えて、考えてください。もしも乗児さんが、後生大事にするつもりで、敢えて身を引くほど愛した人間を、見ず知らずの赤の他人に踏みにじられたらどうします？　きっと今頃真面目に、幸せに生きているんだろうと信じて疑っていなかった人間が、絶望のどん底で今にも死にそうな顔をして現れたら——。抱き寄せて、慰めるだけで満足しますかね？　陥れた相手がわかってるのに、そのまま野放しにできますか？」

しかし、ここで誠実の話を出されたことは、龍彦にとっては逆効果だ。

そうでなくとも、必死で抑えてきた怒りと憎しみが、荒ぶり始める。

「できるんなら言ってみてください。この鬼東会の代紋の前で、一国一城の長として！」

力強い問いかけとともに、床の間に飾られた代紋を指す。

すると、宿城はそれを見ることもなく、鼻で笑った。

「まあ――、できねぇよな。一個人の俺としてなら、八つ裂きにしてやるわ」

龍彦を見ていた彼の視線が、ゆっくりと周囲の男たちに向けられる。

「けど、組の長としてとなったら、話は別だ。一個人の恨み辛みで、下の者まで確実に巻き込むとわかる大戦争が起こせるか？　起こせねぇだろう。それは、お前だって同じはずだ」

何も、上に立っているからと言って、すべてを意のままに動かせるわけではない。

むしろ、抱える者が多ければ多いけど、自身を殺す機会もまた多いものだ。

宿城が今一度組んだ腕を解くと、龍彦の肩をポンと叩く。

「俺たちは、この肩にどんだけの漢の命と、その家族を背負ってる？　そもそも、お前がそんな馬鹿なことをして、肝心の相手は喜ぶのか？　お前がそこまで入れ込む相手だ。お前の腕と引き換えに敵討《かたき》ちなんてされたって、かえって苦しむだけだ。違うのか？」

「――」

返す言葉を詰まらせるも、龍彦はやり場のない怒気を込めた目で、宿城を睨み上げる。

すると、一度は激励を込めて肩を叩いたその手が、突然胸ぐらを掴み上げた。

「どうにも我慢ならねぇなら、俺が相手をしてやる。拳にものを言わせるくらいなら許してやるから、ちょっとは冷静になって現実を見ろ！」

「っ！」

叫ぶと同時に、龍彦の上体を引き上げ、力任せに畳へ叩きつける。

瞬間、逆鱗《げきりん》に触れたかのように、龍彦の目に憤怒が漲る。

畳に付いた両手をバネに、身を翻す。が、ここで不破が誰より早く動いた。

それまで黙って控えていたが、今にも宿城に摑みかかりかけた龍彦にしがみつき、声を荒らげる。

「もう、勘弁してください宿城組長！　そんなことは言われなくてもわかってます。うちの組長だって、百も承知です！」

龍彦の怒りを静めるためか、または庇うためか、懐から書状のようなものを取り出した。

その勢いのまま、畳に叩きつける。

真っ白なそれには、達筆な文字で「絶縁願」と書かれており、これには龍彦も両目をこらした。

スッと、血の気が下がっていく。

「不破……、お前」

「けど、それでも何かしてやらなきゃ気が済まねぇのが、馬鹿な漢ってやつでしょう。なので、ここは俺が松江の事務所に突っ込ましていただきます。藤極の若頭としてではなく、ただのヤクザ崩れの一人として」

「不破！」

龍彦自身も慌てて声を荒らげた。

書状を摑むと、それをきつく握りしめて、崩した身を正す。

だが、今日ばかりは不破も引かない。今度は自分に摑みかかってきそうな龍彦を制して、その目は宿城の姿だけを捉え続ける。

「宿城組長。お心遣いには、感謝してます。ここでうちの組長を引き止めてくださって、本当にありがとうございます。けど、この場にああして立っている漢たちなら、今の俺の気持ちがわかるはずだ。俺は、いざってときに重石になりたくて、組に命を守られたくて預けてるんじゃない。自分の命のように、使ってもらうために預けてる！　組長が……、手塩にかけてきた若が、その立場のために、俺たち組員のために身動きが取れず、しんどい思いをするというなら、そんな舎弟なんざやってる意味がないんですよ！」

腹の底から叫んだ彼は制止する龍彦さえ振りきり、すぐにでも松江のもとへ行きそうな勢いだ。しかし、周りを囲む男たちは、誰一人彼を止めない。

不破が叫んだように、仕える者には、仕える者にしかわからない仁義があるのだろう。

「やめろ、不破！　絶縁なんて誰が認めるか！　第一、誠実の敵を代わりに討たれたところで、俺が喜べるはずがないだろう。だったらいっそ、俺が頭を退く！　一人の男としてけじめを付ける！」

「それじゃあ、堂々巡りになるだけなんですよ。なんにしたって、このままじゃ腹の虫が治まらねぇのは、組長も俺も一緒です。むしろ、俺一人で暴走したって知ったら、伯父貴や帳も怒り狂うでしょうが。そこはもう――、組長こそが残ってたしなめてください。組長には、これから誠実さんを守って幸せにする義務がある。何より龍海坊ちゃんだっているんですから！」

「――」

懸命に止めるも、結局龍彦は八方塞がりだ。

常に課せられてきた責務のために、ここぞというときの自由が利かないのは、昔も今も変わらない。そのことを痛感すると、奥歯では足らず、唇を噛む。

すると、突然廊下から不規則な足音が響いて来たかと思うと、雪見障子がスッと開いた。

「おいおい、宿城。いつまでそんな茶番をしてるんだ。そんな奴ら、とっととやっちまえよ。なんのために、高い金を払っていると思ってるんだ」

「ん…っ！」

断りもなく現れたのは、両手を後ろ手に拘束され、ガムテープで口を塞がれた誠実を連行してきた久遠だ。

「誠実！」

「姐さん⁉」

驚いたのは龍彦や不破だけではない。

静観していた鬼屋敷もその目を見開き、宿城に至っては怪訝《けげん》そうに眉をひそめて一歩前へ出る。

「何しに来たんだ、久遠。まさか、その男は――」

「ああ。念のためにと思って、そのヤクザのところから連れてきたんだ。これで、そいつらは動けない。さっさと始末してしまえ」

面識があるのか、久遠に慌てる様子はない。

それどころか微笑さえ浮かべて、宿城に指図する。

だが、これが宿城のみならず、その場にいた男たちすべての逆鱗に触れる。

「――は？　何、素人が口出ししてんだ。テメェ、何様のつもりだ？」

宿城は言い捨てると同時に、視線一つで男たちを動かした。

「なっ！　何をする」

一瞬のうちに、久遠は両脇を取られて、誠実は男の一人によって引き離された。

龍彦のもとに戻れないまでも、誠実は久遠から逃れて拘束が解かれる。

視線だけなら、龍彦とも絡み合えた。

「……はぁっ」

口に貼られたガムテープだけは自ら剝がして、震える唇で大きく息を吐き出す。

（――殺されるかと思った）

声にならない恐怖と安堵が入り交じる。

「助けに来た」と言うわりに、車を止めることなく、連れてこられた場所が鬼東会。

しかも、いざ車を降りるとなったら、いきなり縛られ、ナイフで脅されながら、引きずるように歩かされた。

玄関先で久遠から「中へ入るなら手ぶらで」とナイフを取り上げてくれたのは、ここの組員だ。誠実にとっては、本当に何が悪で何が善だかわからない状態だ。

「高い金を出して雇っているのは、こっちだぞ！　邪魔な奴を始末するのが、お前らの役目だろう。いいから、さっさとそいつを、藤極とかって男を始末してしまえ！」

「始末始末って、人を殺し屋集団みたいに言うんじゃねぇよ。だいたい、こいつがお前らの何を邪魔したって言うんだ。それこそ、事務所に突っ込んでいった奴らなら、すでにこっちでとっ捕まえたし。こいつは完全に別件で、今から横領冤罪で泣かされたイロの敵を討ちに行ってもいいかって、俺の顔を立てて伺いに来てくれたんだぞ。しかも、それに対して俺だって。わざわざ時間を割《さ》いて、今どき流行《はや》らねぇ乱闘騒ぎを起こしたところで、儲《もう》かるのは医者だけだ。だから、ここで思いとどまれよって、説得してたのによ！」

しかも、ここへきて久遠と宿城が揉め始めた。

誰かどう見たところで、久遠の無理難題と根拠のない上から目線に対して、宿城が憤慨しているだけだが、それでもヤクザの宿城のほうがかなりまともだ。

今すぐキレても不思議のない男たちが、久遠を睨み、怒りを拳にとどめているのも、宿城自身がまだ堪《こら》えているからだろう。

それにもかかわらず、

「何が説得だ！　私はそいつが邪魔だと言ってるんだ！　だいたい誠実のことなら、私が意図して、いったん事務所から出て行ってもらっただけだ。その後、あの横領を松江の管理責任として引退へ追い込み、私が事務所と地盤を引き継いだのちに、迎えに行く予定だった」

久遠が、胸を張って意味不明なことを言い始めた。

「それを、どこから出てきたのか知らないが、そいつが誠実を勝手に連れ去って――。何が俺のイロの敵だ。冗談じゃない。誠実は、これから政界人として生き、飛躍《ひやく》していく私が見初《みそ》めて選んだ貴重な人材だ。また人生においても一生のパートナーとして、生涯私の隣で生きていくことを運命《さだめ》として生まれてきたであろう男だ。誰がヤクザなんかにやるものか！」

名指しされている誠実や龍彦が顔を見合わせ、大きく首を傾げるほど正々堂々とだ。

「――は？　ちょっと待て、お前。まさか、恋敵が邪魔だから、このさい俺に始末しろって言ったのか？　誠実を取り戻すのに龍彦が邪魔だから、この俺様に向かって手を汚せと。それも、仕事上の取引にかこつけて」

さすがに怒る気さえ薄れてきたのか、宿城が一つ一つ確認を取る。

もはや、その答えを聞くのさえ嫌なのか、鬼屋敷など後ろを向いて煙草《たばこ》を吸い始めた。

それにもかかわらず久遠が「ふんっ」と鼻で笑ったものだから、そのナルシストぶりに鬼屋敷が咽《む》せた。

これぞ鬼の目にも涙というくらい、咽せて咳き込み大変なことになり、不破や龍彦に背をさすられる始末だ。

「――かこつけてなんていやしない。誠実は有能な公設秘書であり表裏の帳簿を任せられる事務員だ。私の出世には欠かせない。もちろん、プライベートでも欠かせないが、一番の目的はいずれ政界を牛耳る私の仕事上のパートナーとしてだ」

それでも、久遠の態度は揺るがない。

なまじ、ルックスがいいだけに、宿城は何か哀れな者でも見るような目になっている。

しかし、誰もが呆れて言葉を失いかけたときだった。

誠実が静かに呟いた。

「は？　ふざけるのも大概にしろよな、この脳タリン」

「!?」

一瞬、誰の言葉かと思い、驚いたのは久遠だけでなく、龍彦たちもだ。

だが、スッと胸のあたりで両腕を組むと、誠実は人差し指で自分の腕をトントンし始めた。

この意味を知る龍彦と不破は、思わず鬼屋敷の後ろに隠れそうになる。

「あんたが何を根拠にそこまで自信過剰のナルシストなのかは知らないよ。けど、どこの誰が、第一公設秘書とは名ばかりの、大した資格もない四十男の世話役なんかになるんだよ。そもそも政策担当秘書資格さえ持っていないあんたに、政治の何がわかるんだ？　ちょっと松江の秘書をやっていたからって、知った気になってるだけじゃないのか？　だから、公設秘書にも国家資格制度化をすればいいのに、無資格でも雇われたら公設秘書っていうのが、こういう脳タリンを生産するんだよ」

これまでは、一応親戚の親戚という他人に近い距離感とは言え、特に自分の不利益になる人間でもなかったので、なんていい人なんだ（あの伯母の親族とは思えない！）くらいの認識だった。だが、久遠本人に到底ふさわしいとも思えない野望や願望のために、自分がここまでおかしなことに巻き込まれたのかとわかれば、可愛さ余って憎さ百倍だ。

そもそも可愛くもなければ、憎さばかりが千倍万倍でも不思議はないだろう。

自然と、トントンも加速する。

「だいたい、あんた。もしかして端《はな》から俺のことを、税務署の窓口で受付バイトしていたお兄さんくらいにしか、思ってないんじゃないのか？　俺は元とはいえ、財務省外局・東京国税局に入局からの税務署職員だぞ。いくら頼まれバイトで第二秘書兼事務員なんかをやったって、無資格に近いあんたの下に見られる覚えは、これっぽっちもない」

トントントントン。

トントントントン。

トン――。

「――ってか、そもそもどこの誰が選挙区地盤をあんたにやるって言ったんだ？　松江のあとにはあんたにって、政党支部長や後援会長が打診にでも来たのか⁉　いや、そんなはずはないよな？

何せ、勉強する気はないかと打診されていたのは、俺のほうだ。元国税局員による消費税率削減を公約にしたら、さぞ票が集まるよな――って。勝手に盛り上がられて困っていたくらいだからな」

男たちが誠実の指の癖に気づいたときには、心底から意地悪くも美しい笑みが浮かんだ。

これには久遠も頭ごなしに怒られる以上に、驚いたのだろう。

小さく「えっ」っと声が漏れる。

だが、その後もトントントン――は、続く。

「しかも、金で雇ってどうこうと、偉そうに言ってるが。出元はお前の懐じゃないだろう？　仮に俺が、たった今からでも次期候補者としてのお誘いを受けます。死ぬ気で勉強して政党に尽くします。ついでに裏の世界にも伝があるので、鬼東会への上納金だか契約金だかも、俺から値切りますけど――って言ったら、さぞ重宝がられるだろうな～。ああ、ただしその代わり。どうしても出馬に邪魔で目障りな男がいるんで、始末してくれませんかね？　というか、こっちで勝手にやるんで目を瞑《つむ》っててくれますか？　って言ったら、さすがにどこもかしこも目を瞑るんじゃないかな？　何せ、誰一人あんた個人に恨みはあっても、恩や義理はないだろうし。こうなるとただの金食い虫だし、無料で虎の威を借りるキツネの放し飼いだもんな」

そうしてトドメに誠実が言い放ったのは「このたびの関係者一同の権力、暴力、特権もろもろ、そしてお前の命まですべて俺のもの」宣言だ。

こうなると、帳簿を開いてトントンしている姿など、まだ菩薩《ぼさつ》の域だと龍彦は思った。

不破など、この場に帳がいなくて本当によかったと胸を撫で下ろす。

根が真面目な男が、どこまでも真面目に悪を目指すと、そこらの悪などものともしなくなる手本のようだ。

ふと、宿城が「龍彦もすげぇ嫁をもらったな」と口にした。

鬼屋敷が「そんな、他人事みたいに」と言いかけて呑み込んだ。話が長々すぎたからか、廊下に嫁の気配を感じ取ったからだ。

思わず胸がドキドキしてきたが、さすがにここまで言われてしまうと、久遠も撃沈だ。

その場にへたり込んで、戦闘不能が確定する。

「——ってことで。こいつをボコるなら、誰の手も借りずに俺がやる。龍彦や不破さんの気持ちは嬉しいけど。それなら鬼東会と揉めることもないだろうし、わざわざ仲違《なかたが》いする必要もない。双方の面子《メンツ》も守られるだろうし——。せっかく、いい付き合いなんだからさ」

勝利を実感してか、ようやく誠実の両腕が解かれて、トントンもなくなった。

ただ、これでは本末転倒だ。龍彦が誠実の腕を掴む。

「いや、待て！　そこは違う。お前はそんなヤクザみたいなことはしなくていいし、ましてやなりたくもない政治家なんかになる必要もない。好き好んで自分から悪事に手を染める必要もないし——。とにかく、お前の無実は必ず俺が証明してやるから、これまでどおり綺麗なままの誠実でいろ！　俺のためにも、そこは守れ！」

龍彦には何を置いても守りたいものがある。

たとえ自らが地獄へ引き込んだとしても、誠実自身にはこれまでどおりでいてほしい。

しかし、そんな龍彦の腕を、逆に誠実が摑み返す。

その力は、特別強くはないにしても、子供の頃よりは明らかに強い。

「馬鹿を言え。違うも何も、俺は龍彦についていくと決めたし、実際もうついて来てるんだ。人を殺《あや》める以外なら、どんなことでもする。脱税上等、悪徳政治家の賄賂《わいろ》生活だってどんとこいだ。だいたい、テンパーの消費税なんか誰が払うか！　龍彦と組員たちの老後の安泰、そして龍海の未来はこの俺が守る！　そう決めたんだから!!」

しかも、龍彦の知らぬ間に生まれ育ったらしい強烈な金銭感覚は、もはや地獄の閻魔をも黙らせそうだ。

「どうしたら……、どうしたら……そんなことになるんだ！　初めて会ったときから、運命を感じたはずなのに。だからこそ、週に三日はランチをして、一度はディナーもして。お墓の相談にだってのったし……。すでに誠実は私のものだろう！　いずれは私の秘書に、そして伴侶に、公私で力を合わせて赤絨毯の上を歩くはずだろう！」

誠実のこれを聞いても尚、まだ足下で困惑する自分に浸れる久遠が、龍彦たちからすれば、さらに恐ろしい。

ここぞとばかりに叩き潰したつもりの久遠が、こうして復活してきたからだろうか？

誠実は今一度両手を組むと、指の先でトントンし始める。

「うるさい、黙れ、もういい加減にしろ。冗談でも笑えないような妄想や夢を語るくらいなら、その前に、ランチのおつりで計算を間違える脳タリンからまず直せ！　俺は愛着の湧かない、いい年の馬鹿が世界で一番嫌いなんだよ！　2引く1が3になっても許せるのなんか、せいぜい三歳児までか、愛着の持てる酔っ払いまでだ。どんなにあんたが、ああうっかりなんて笑ってみせても、それでウケるのは事務のおばさんくらいで、俺はドン引き！　一円を笑う者は一円に泣け！　ここまで言われてまだおかしなことを言いたいなら、これから東大に入って卒業してこい！」

トントントン。

トントントントン。

トントントントンと続けて――、

「――まあ、その前に。査察にいる同期にチクって、一度お前のどんぶり勘定癖を洗いざらい探らせてやる。絶対に出てくるだろう追徴課税を払わせてやるけどな！　それでも命を取られないだけラッキーと思って、一生納税し続けろ！　ふんっ」

最後はある意味、一番真っ当？　な方法で、トドメを刺し直していた。

9

精も根も尽きた誠実が龍彦と再会――。

まるで捨て猫が拾われるように、彼らのもとへやってきてから半月近く。ようやくことの経緯が明かされて、事態は落ち着きに向かっていた。

〝結局、主犯は久遠。それ以外は白で、いいように躍らされていただけか。しかも、その久遠ときたら。俺への冤罪という内々での横領事件を画策し、その責任から松江先生を辞職に誘導。騒ぎを大きくしないため、また松江先生の立場だけは維持するためとかなんとか言って、あんな記者会見までさせた。あれを見た俺が、驚くか何かして、連絡を寄こすかもしれないという期待も込みだったようだが――。ただ、偶然とはいえ、その直後に音田議員に国税の査察が入った。文字どおり事態が一変した。世間の擁護がついた松江先生に政党本部から直々に復帰要請がきたことで、久遠の思惑は崩壊。しかも、こうなると早々に抱き込む予定でいたのに見つからない俺から、冤罪の件が世間に暴露されることにも危機感が芽生え始める。けど、そこへ成宮組長が〝元、この秘書だった藤極組姐の落とし前を付けてもらおうか〟と、恐喝してきたものだから、俺の居場所や状況を知ることになって……。そして、これはこれで丁度いい。このさいだから、自分にとって不都合なことすべてを鬼東会に排除させようと思いつき、失敗に至ったわけだが……。ってか、せめて久遠が横領していたくらいの落ちならまだしも、それはこれからするつもりだったって、なんなんだよ⁉　小者なのも大概にしろだ。鬼東会への支払いも支部からだって言うし！）

久遠のことは鬼東会と松江の事務所及び政党支部、そして龍彦に任せて、誠実は不破とともに一足先に帰宅した。

乱暴な形で残してきた龍海のことが気になっていたからだ。

（けど、これってようは、党支部が鬼東会との繋ぎに久遠を選んだことが、ナルシストと勘違いに火を点けた感じだよな？　政党支部からすれば、何かのさいに丸ごと責任を押しつけてしまえる〝トカゲの尻尾〟として久遠を選んだ。松江先生は本当に根が生真面目だから、あえて久遠一人指名だったんだろうけど……。それが〝選ばれし私〟に変換されると、こんな大ごとになるんだな。しかも、俺に声をかけて引き込んだところから、将来の自分の陣営を固める気でいて……。そこへ本人も想定していなかった恋心が芽生えて乗っかったものだから、これはもう神の導きだ。公私とものパートナーへって――。こんな阿呆な発想を自分のせいにされたら、神様だって迷惑極まりないだろうに。どこまで自分本位なんだか、呆れさえ通り越すよ）

そうして誠実がマンションへ戻ると、龍海は顔を見るなり飛びつき、力の限り抱きついてきた。

「あーねーっ」

「ただいま、龍海くん。さっきは、ごめんね」

「あーね、あーね、あーねっっっ」

安心と喜びが入り交じったのか、そのまま誠実を呼びながら、しばらくの間は大興奮。

「あ～ね……ん。むにゃっ」

しかし、そこでエネルギーを消耗しすぎたのか、龍海は誠実の腕の中で眠ってしまった。

まさに天使の寝顔だ。

龍彦が戻ってきたのと入れ違いに、子供部屋のベッドへ寝かせて、ホッとひと息をつく。

(よかった。ようやく心から安心してくれたんだろうな)

そうしてリビングへ戻ると、先に戻ってきていた不破と辰郎は、

「お疲れ様です」

「申し訳ないが、今日は俺たちも疲れた。あとはよろしくな」

——などと言いつつも、帳とともに隣のほうへ移動した。

二人きりにされてしまい、嬉しいが照れくささが室内に残る。

「お疲れ様」

「龍海は寝たのか?」

「うん」

「そうか」

だが、すぐに嬉しいだけの感情となり、どちらからともなく歩み寄ると、両手を広げて抱き合った。

「はぁ……、⁉」

その瞬間、思いも寄らない溜め息が自然と漏れて、誠実は自分でも驚く。

「行きがかりとはいえ、頑張りすぎたな。まあ、おかげで鬼屋敷総長や乗兒さんからは、この嫁なら今後の藤極組は安泰だなって、太鼓判を捺《お》されたが」

龍彦から面と向かって微笑まれ、優しく頬を撫でられると、いっそうの安堵感からか、深い溜め息が漏れそうになる。

今の今まで意識が自分へ向かなかっただけで、そうとう気が張っていたようだ。

しかし、思い返すまでもなく、この緊張の始まりは成宮が取り立てに来たときからだ。

本当ならば、彼らを松江事務所に仕向けたところで終わるはずのものが、二転三転した上に最後は鬼東会の本家へまで連れて行かれた。緊張が途切れることがなくても、不思議はない。

ましてや、そこから帰ってくるにしても、龍彦一人を残してくる形だ。

いくら身の安全が保証されている状況だったとはいえ、後ろ髪を引かれる思いで先に戻ったことに間違いはない。

そうなると、誠実が無自覚のまま発していたであろう緊張は、帳たちのほうが敏感に察していたのかもしれない。早々に気を利かせて隣へ移動したのも、変な気を遣ったわけではなく。一刻も早く、誠実に心からのリラックスを——と考えたのだろう。

どんなに龍海の無事を確認し、小さな身体を抱いて安堵はしても。誠実にとっては龍彦の腕の中以上に安らげる場所はない。

今となっては、どこの誰よりそのことを理解しているであろう、同居人たちだ。

「本当、よく――」

誠実は龍彦の背に回した腕に力を入れると、その肩に顔を寄せた。

込み上げてくる感情が上手く言葉にならないまま、龍彦の存在だけを求める。

その強さは、背に回る指の先にまで現れて、龍彦に伝わっていく。

「そうだな。もう、先走りそうになる感情を抑える必要はないよな」

そう言って笑うと、龍彦が静かに唇を寄せてきた。

(龍彦……っ)

誠実も軽く背伸びをして、強く唇を押しつける。

また、自ら彼の唇も吸った。なんとも穏やかで甘美な瞬間だ。

(……っんっ)

濡れた舌で歯列を割り、これまで幾度となく誠実を翻弄《ほんろう》してきた舌に、それを絡める。

急速に自身が火照るのを覚えて、誠実はいっそう強く彼の背を抱き、口内を貪っていく。

だが、ふいに唇を離され、距離を取られた。

「……龍彦?」

「ホッとしたし。今夜はじっくり……、したいから」

火照る誠実の身体が横抱きにされた。

「……うん」

軽やかな彼の足取りで、リビングから寝室へ向かう。

いつの間にか日の落ちた薄暗い部屋は、ほのかに差し込む月明かりだけが頼りだ。

しかし、いつになく強く込み上げてくる欲情をぶつけ合うには、かえって丁度よいのかもしれない。

――一秒でも早く。

そんな急いた気持ちから互いの衣類を剝いでいく衣擦《きぬず》れの音さえ、静寂な室内では艶めかしく耳に響く。いっそう高揚するというものだ。

「来い」

そうして、身に纏《まと》っていたすべてを床へ落とすと、誠実は龍彦に導かれるままベッドへ上がった。

「ん……」

そのまま組み伏せられるのかと思えば、横たわる龍彦の腹部の上を跨ぐように誘導される。

それも誠実の臀部《でんぶ》を龍彦の顔へ向けて、四つん這いになれ――と。

「……？」

驚くというよりは、戸惑いながら振り返る。

「いやか？」

聞かれたところで「いや」と言えない。

すでに淫《みだ》らな姿勢を取らされ、震える窄《つぼ》まりを直視された時点で、強まる羞恥心を刺激と捉えて、頭をもたげ始めた自分を見られている。

しかも、誠実のこうした反応を心地好い刺激とするように、龍彦自身も頭をもたげて誘ってくる。

「なら、続ける……」

「あんっ！」

両手で腰を摑まれ、双丘の狭間に顔を埋めるようにキスをされ、陰嚢の裏から窄まりの中心までを舐め上げられると、両膝が震えて自身も震えた。

指で押し広げられて口を開いた窄まりに、舌が入り込むと「あっ」と堪えきれずに声が漏れる。

肩と腕からも力が抜けて、誠実が上体を崩すようにして伏せた顔の前には、いきり立つ龍彦自身がある。

同じ男性器のはずでも、どうしてか彼のものだけが特別に見えて、愛おしい。

（……龍彦）

愛撫を強請るように口元に触れてくるそれを、誠実は思いきって口に含んでみた。

（龍彦）

とても不思議な感覚だったが、誠実自身は龍彦が愛してくれている。

同じように、それ以上に愛し返したいと思えば、自然と彼のものを舐《ねぶ》る仕草は激しくなった。

「……っ」

下肢から、愛撫の合間に聞こえる彼のくぐもった吐息が、こうしてみると喘ぎ声のようで、気持ちがいい。

快感に反る誠実の背筋がゾクゾクする。

(龍彦も……感じてる)

誠実が懸命に彼を愛せば愛すほど、下肢では龍彦が誠実を悦ばせようとして、中を弄《いじ》り舐る。

だが、激しく愛し愛されているはずなのに、時間が経つにつれて、これだけでは満たされないと身体の奥底が疼く。

そして、それは龍彦も同じようで——。

「誠実」

彼の利き手が、誠実の細腰を離れ腕へ伸びる。

「うん」

誠実はその手に引かれるようにしながら、身体の向きを直すと、今度は龍彦の下腹部へ腰を下ろし直した。

双丘の狭間を滑るも、龍彦自身が掠《かす》ると一度はほぐされたはずの窄まりが固く閉じる。

「入りそうか?」

「……、入れて……ほしい」

どうにも上手く導くことができず、誠実は自ら腰を浮かして龍彦に強請った。

その声や仕草に何を感じたのか、一瞬龍彦自身がビクンっと頭をもたげ直した。

「なら、このまま腰を……落とせ」

そんな自身を利き手で固定し、龍彦が誠実の身体をゆっくりと導く。

一度彼の先端を捉えてしまえば、あとは中へ、奥へと呑み込んでいくだけだ。

誠実は、腰を落としながら、身体の中へ龍彦自身を招いていく。

「あ……んっ」

これまで以上にはっきりと存在を感じて、誠実自身が今一度龍彦の下腹部で揺れ躍った。

すると、それを龍彦が利き手に捉えて、しごき上げていく。

それに合わせるように、誠実の身体が上下に揺れた。

「深いっ……っ。お腹まで、くる……っ」

ベッドの軋む音が、どこかリズミカルで、快感の波を表すようだった。

「誠実……っ」

龍彦は特に何を言うでもないが、誠実自身をいっそう激しく攻め立て、愛撫することで、同じ波の中で絶頂へ乗り上げようと誘ってくる。

「っ……っ」

「あんっ、龍……彦」

一際強くベッドが軋むと同時に、重くて強い快感が誠実の肉体を駆け抜けた。

同時に龍彦が達したことは、誠実の中へ放たれた熱い迸《ほとばし》りが伝えてくれた。

（……龍彦……っ）

全身を快感で震わせたのち、誠実は龍彦の胸へとゆっくり崩れて被さった。

腰を支えていた大きな掌が頰を包み込んでくると、誠実は照れくさそうに微笑む龍彦と見つめ合い、そして深々と口づけた。


幾度となく達し、互いに満足するまで愛し合った頃、窓から差し込んでいた月明かりは角度を変えて消えていた。

だからというわけではないが、龍彦がベッドヘッドのライトに手を伸ばした。

間接照明程度の小さな灯りではあるが、満たされた誠実の顔がよく見える。

そう言わんばかりだったが、誠実はニコリと笑うと、龍彦の背に手を伸ばした。

そっと触れ撫でたのは、宝珠を握る黒龍と白龍で描かれた太陰太極図。幾度目にしても水墨画のように美しく、気高く、力強い龍神たちだ。

それを見ながら誠実は、思い出したように訊ねる。

「この背の太陰太極図。二匹のうち、黒の陰を意味する龍が龍彦で、白の陽を意味する龍が俺っ

て、本当？」

「不破か伯父貴か？」

即座に切り返してきた龍彦は驚いたような、恥ずかしいような、少し焦っている。

「ここへ来た何日か後に、辰郎さんが。帳簿確認ばかりじゃ面白みも薄いだろうから、ちょっといい話をしてやるよって」

「――口止めするのを忘れてた。というか、まさかそれを誠実にバラすとは」

龍彦には、目に浮かぶような光景だったのだろう。思いきり掌で顔を覆っている。

ほんのり頬が赤らんで見えるのは、決して電球色のせいではないだろう。これに関しては、そうとう照れくさいようだ。

龍彦は話を聞きつつも、ベッドに突っ伏してしまう。

しかし、誠実はそんな龍彦を見て見ぬふりで、話を続けた。

「俺は嬉しかったよ。それが本当なら。だって、さ。辰郎さんが、こうも言ってくれたんだ」

〝これまで普通に暮らしていたら、どんなに俺たちが覚悟を持って彫ったとしても、刺青は恐怖や嫌悪の対象でしかないだろう。それが当然の感性だ。けど、龍彦の刺青には、この世界で生きていくと決めた覚悟以上に、永遠に忘れることがないだろう誠実さんへの思いが込められている――。だから、すぐに慣れてくれとは言わないが、どうかいつの日か、目を逸らさずに見られるようになってもらえると嬉しい〟

「――だから俺、言ったんだ。その日のうちに、目に焼き付くほど見てしまいました。こんなに美しくて、尊いと感じた一枚絵は初めてだと思いましたって。そうしたら、一枚絵かって、しみじみと言って、笑ってくれて。じゃあ、いつか事務所で漢の背中絵画展でも開くかって――。さすがに噴き出して終わったんだけどね」

誠実は、自分がこれを聞いたときに、どれほど嬉しかったのか、また幸せだったのかを知ってほしかったのだろう。

伏せた龍彦の肩を抱きながら、心から笑う。

「いや、その絵画展は洒落にならねぇ。お前の目には俺以外の野郎の背中なんて、映したくもねぇしな」

「うん。それは、途中から話に入ってきた不破さんも言ってた。駄目ですよって。本当なら龍彦さんは、龍海くんのオムツ替えにさえ焼きもちをやくくらい、嫉妬深いんですからって」

「不破のやつ」

一度は顔を上げて誠実をチラリと見ながら、幾度となく込み上げる恥ずかしさに勝てなかったのか、また突っ伏す。

そんな龍彦をからかう楽しさを覚えたのか、誠実も今一度ぎゅっと肩に抱きつくと、外耳まで赤くなった耳元に囁きかける。

「でも、嬉しいよ。離れてからもずっと、俺は龍彦と一緒にいたんだって知ることができて。そしてこれからも一緒にいられるんだって、知ることができて——」

「俺もだよ。けど、だからこそ無茶なことはするなよ。間違ってもヤクザまがいな考えはもちろん、行動もしなくていいから。俺や龍海たちを心配させるなよ」

こうなると、話題そのものを逸らすしかないと踏んだのか、龍彦も伏せた身体を起こして、逆に誠実の肩を抱く。

「わかった。でも、帳簿だけは頑張らせてね。それくらいしか、俺には任せてって言えるものがないし。家事だって帳くんのほうがすごく達者で、まったく敵わないんだからさ」

「ああ。まあ、帳簿付けだけならな」

「やった！　俺が龍彦を——。ううん！　藤極組をかならずや日本一の財テク資産家極道一家にするからね」

ただ、これは話の逸らし方を間違えたとしか思えない。

誠実はかえってはしゃいでしまう。

しかも、言葉の端々から、これまでにはない物騒さが窺える。

「なんだか、それはそれで恐ろしいな。ってか、俺は一般家庭レベルの財テク程度で、全然いいからな。間違っても、実は金融庁に同期がいて——とか、言い出すなよ」

「あれ、バレた？　俺の同期って、けっこう優秀なのが多くて、各国のメガバンクや証券会社にいたりもするんだよね。まあ、親しい友人ではないんだけど、みんな価値観が似ているから、いざってときには団結できるような同志——みたいな」

龍彦は恐る恐る、だが冗談交じりに返しただけだが、誠実の笑顔には一片の曇りもない。

「誠実⁉」

——みんな価値観が似ているって⁉

——いざってときには団結⁉

聞き捨てならないワードが続くも、ここは聞き捨てておきたいところだ。

（いっ、言えねぇ。なんか今さらだが、じつはうちは少数精鋭な経済ヤクザの家系だから、事務所には、プロトレーダーを囲ってるとか。バブルよろしく、未だに不動産をいくつも転がしてる。オリンピック、ヤッホーとか。あとは、ここだ。このマンションも、実は一棟丸ごと俺の名義で、本宅は現在乗兒さんの嫁方実家の工務店に頼んで、贅を尽くして建て替え中。この部屋はただの間借りで、本来のエンゲル係数は今の何倍とか、恐ろしくて——。どこもかしこも、どんぶり勘定満載だなんて、誠実が知ったら豹変しそうだ。間違いなく、関係者全員が正座をさせられて、帳簿提出。それを見ながら、座卓をトントントン——だろうな）

ついでに、隠していたわけではないが、後回しにした説明をこれからするのかと思うと、マズい飯にあたったわけでもないのに胃がチクチクしてきた。

「陽極まれば陰となる。陰極まれば陽となるって言うだろう」

ましてや、そんなつもりで彫ったわけではない、選んだわけではない背中の太陰太極図だが、その意味は誠実の言うとおりだ。

これに関しては、ちょっと龍彦の勉強不足が露見する。もはや近い将来、白黒が逆転しそうな予感が拭えない。

「いや、本当に。マジで俺の寿命が縮むから。頼むから！」

「ふふっ」

「誠実！」

それでも誠実と龍彦は、まだまだ相思相愛になったばかりの新婚だ。

人生の大半をかけて愛し、愛され、結ばれたばかりだ。

だが、そうは言っても、空白の十六年がその人間性にどう作用していたかを、本当の意味で知るのはこれからだ。

特に龍彦は、どんな男であっても伴侶に財布の紐を握られたら、それまでだ。

胃袋を摑まれるのと大差がない、人生詰むしかないことを実感していくのは――。

あとがき

こんにちは、日向《ひゅうが》です。略して「地獄姐」をお手にとっていただきまして、誠にありがとうございます。（なんて略だ！）

本書は石田恵美《いしだめぐみ》先生の美麗かつ艶々な龍彦《たつひこ》&誠実《せいじ》+キュートコッコなシャカシャカたっちゅん♪　でお届けさせていただきましたが、いかがなものでしたでしょうか？

私はカバーと口絵のラフをいただいたときには、膝を叩いて萌えてしまいました！　特に口絵。これがカバー裏に（しかも、どんだけはっちゃけたキャッチやあらすじが付くんだろうか？）と想像したら、もう、たまらん‼　で。実のところ、本書を手がけていたときは、何年ぶりかに体調を崩してお休みをいただいたり、その後もしわ寄せが一気に来たりで、かなり四苦八苦していたのですが。本当に、そうした心労や負の感情が一気に吹っ飛ばされて、「くふふふ〜っ」とニヤける私がおりました。絵力は強しです！　そして、その後いただいたモノクロにはテレテレする私（笑）

いずれにしても、また「BL界に気の毒な攻め様」と「その一家」が増えただけですが——。ここは他ではあまりお目にかかれない類のものとして、お心広く受け止めていただけましたら幸いです。

ちなみに――。（以下妄想材料として投下）

この後、龍彦及び藤極《とうごく》組は、全財産と全収入源の内訳や収支をガッツリ誠実に知られて、管理されます。極道攻め初のお小遣い制導入か!?

また、誠実のお父様の納骨は、藤極家のお墓がある極楽院寺《ごくらくいんじ》（飯マズ弟の嫁ぎ先）に決まって一安心!? 龍彦の本宅を手がける工務店（飯マズ兄の実家）と相まって、まぁ――先は見えたな。「盛大な御斎」やら「新築祝いの宴」がホームパーティー形式の手作り料理で繰り広げられて、誠実は極嫁同士の交友関係を広げていきます。そこで自ら「家事は苦手で～」と宣言している誠実は、魔の愛妻飯レシピを伝授してもらい。また、そのお返しに「数字にはめっきり弱くて～」な、ゆるふわ兄弟に金銭管理やら税金対策のノウハウを徹底教授！ こうして三家（組）の漢たちは、ものの見事に胃袋と財布の紐をガッツリ摑まれるという、世にも最凶な環境下で生きていくことになります。ごめんね、ダーリンズ！

と、こんな感じではありますが。今後も読んでいただけたら嬉しいです。

またクロスさんで、他のどこかで、お会いできることを祈りつつ――。

http://rareplan.officialblog.jp/　日向唯稀

CROSS NOVELS既刊好評発売中

その聖域《黒服》を乱して。
美味しく食べてもらえるように。

美食の夜に抱かれて

日向唯稀

Illust 明神 翼

「お前も俺が好き、でいいじゃないか」
サービス業界で神扱いされるスペシャリストが揃う香山配膳。
その一人、飛鳥馬は、恋人と別れた気晴らしに参加した同窓会で、
人気フレンチシェフとなった篁——かつて憧憬した相手——に再会する。
急速に惹かれ合う二人だが、想いをぶつけてくる篁に対し、
飛鳥馬はある思いから自分の気持ちにブレーキをかけてしまう。
また、篁には隠していることがあるようで…。
そんな時、別れたはずの男が現れ、飛鳥馬を手放さないと宣戦布告し!?

CROSS NOVELSをお買い上げいただき
ありがとうございます。
この本を読んだご意見・ご感想をお寄せください。
〒110-8625
東京都台東区東上野2-8-7　笠倉出版社
CROSS NOVELS 編集部
「日向唯稀先生」係／「石田惠美先生」係

CROSS NOVELS

地獄の沙汰も姐次第

著者
日向唯稀

2020年2月23日　初版発行　検印廃止

発行者　笠倉伸夫
発行所　株式会社　笠倉出版社
〒110-8625　東京都台東区東上野2-8-7　笠倉ビル
[営業]TEL　0120-984-164
FAX　03-4355-1109
[編集]TEL　03-4355-1103
FAX　03-5846-3493
http://www.kasakura.co.jp/
振替口座　00130-9-75686
印刷　株式会社　光邦
装丁　磯部亜希
ISBN　978-4-7730-6022-5
Printed in Japan